克拉克森的农场 2

我的牛又不见了

[英国] 杰里米·克拉克森 著

吴超 译

译林出版社

图书在版编目（CIP）数据

克拉克森的农场. 2, 我的牛又不见了/（英）杰里米·克拉克森
(Jeremy Clarkson) 著；吴超译. —南京：译林出版社，2024.4
书名原文：Diddly Squat: 'Til The Cows Come Home
ISBN 978-7-5753-0014-8

Ⅰ.①克… Ⅱ.①杰…②吴… Ⅲ.①随笔-作品集-英国-现代
Ⅳ.①I561.65

中国版本图书馆CIP数据核字（2024）第005655号

Diddly Squat: 'Til The Cows Come Home by Jeremy Clarkson
Copyright © Jeremy Clarkson, 2022
First published in Great Britan in English language by Penguin Books Ltd
Simplified Chinese edition copyright © 2024 by Yilin Press, Ltd
Jacket Illustration © Gary Redford at Meiklejohn
Cover photos courtesy Clarkson's Farm/Amazon Prime Video
Designed by Lee Motley / MJ
All rights reserved.

著作权合同登记号　图字：10-2023-109号
封底凡无企鹅防伪标识者均属未经授权之非法版本。

克拉克森的农场2：我的牛又不见了 [英国] 杰里米·克拉克森 ／著　吴超／译

策　　划	朱雪婷
责任编辑	潘梦琦　黄文娟
装帧设计	韦　枫
校　　对	戴小娥
责任印制	单　莉
原文出版	Michael Joseph, 2022
出版发行	译林出版社
地　　址	南京市湖南路1号A楼
邮　　箱	yilin@yilin.com
网　　址	www.yilin.com
市场热线	025-86633278
排　　版	南京展望文化发展有限公司
印　　刷	苏州市越洋印刷有限公司
开　　本	787毫米×1092毫米 1/32
印　　张	7.75
插　　页	2
版　　次	2024年4月第1版
印　　次	2024年4月第1次印刷
书　　号	ISBN 978-7-5753-0014-8
定　　价	48.00元

版权所有　·　侵权必究

译林版图书若有印装错误可向出版社调换。质量热线：025-83658316

本书献给全世界所有的农民

目 录

001　引言

夏
005　横冲直撞的奶牛
013　种辣椒可真烧钱
021　植物杀手这行，无人与我比肩
029　动物的幸福国度
039　我与一种烦人的杂草的战争
049　学习像地道的农民一样发牢骚

秋
061　养牛的麻烦
071　我要开餐馆
079　圣诞节前新农舍能竣工吗？
087　应对气候变化，我自有妙招
097　打野鸡

	105	如何毁掉一台兰博基尼拖拉机？
	113	大搬家
	121	大逃亡
	129	自产啤酒

冬	141	在农场过圣诞
	155	功夫奶牛
	163	命途多舛的餐馆项目
	173	养牛之殇

春	185	化肥困境
	193	有所吃，有所不吃
	201	答案还是不行
	209	养活世界

| 夏 | 221 | 草更绿了 |
| | 229 | 想修大坝不容易 |

引言

问各位安……我在上一本关于"不足道"农场生活的书中讲述了在这一年中,我是如何成功经受住了极端天气,官僚主义,新冠肺炎疫情,不服管教的羊群,上千万只好勇斗狠的蜜蜂、鸡、鳟鱼,以及供应链问题等的轮番蹂躏。而以我阻止一群郊游的学生娃在我花园里撒尿一事作为那本书的结尾,我心里多少有点过意不去。

……因此,咱们书接上回……我的农场渐渐有了起色。我依然热爱我所从事的这份工作,虽然我干得不怎么样。而更可怕的是,现在我拥有了世界上最危险的东西:一点点知识。有例为证,如今我已经分得清大麦和小麦,也知道油菜籽的用途。但我领悟最为深刻的,是务农的辛苦令人难以置信,且收入并不怎么高。

可即便如此,当我在百忙之中偷得浮生半日闲,趁阳光正好,斜倚大门嚼一根鲜草的时候……我依然会觉得,这是世界上最棒的工作。

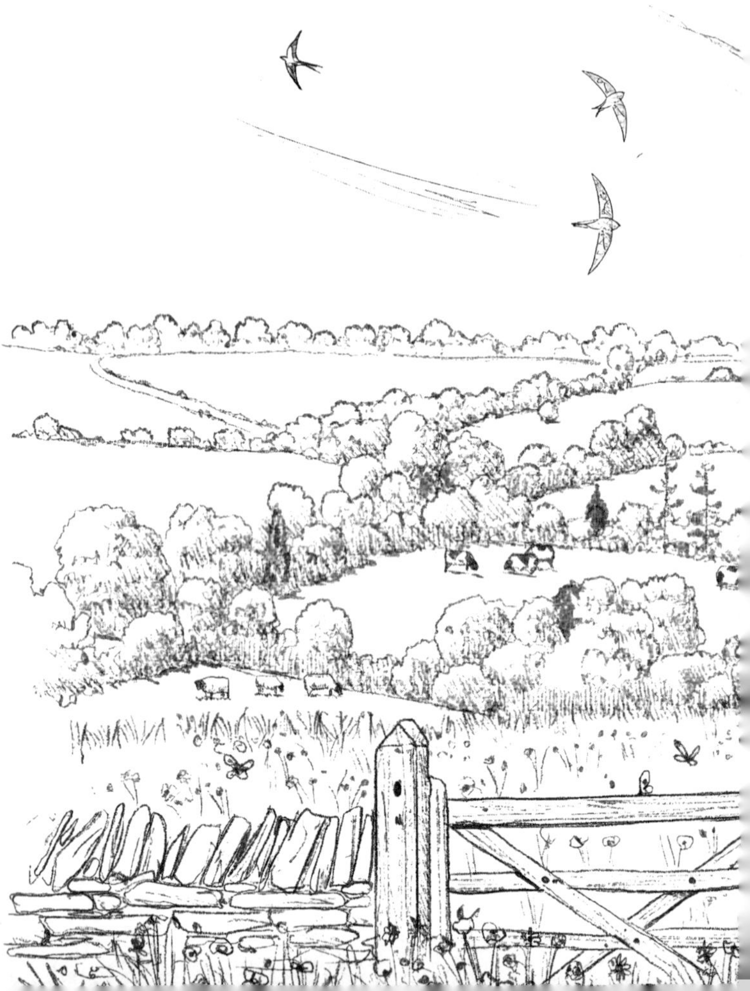

夏

横冲直撞的奶牛

上个月我看过一段让人惊掉下巴的视频，说的是雷丁镇附近有个警察开着皮卡故意冲撞一头奶牛。那可怜的牲畜从牧场逃出来，在一条公路上彷徨四顾，无所适从。据说它撞翻了一名购物的路人，有人还担心它会啃光谁家的草坪。可即便如此，我认为也没必要非得置它于死地。它不是雷龙，不是咸水鳄鱼。它只不过是一头奶牛。

所以，警察为什么不抓把干草把它引走呢？或者叫个兽医过来，一个像吉米·哈利[1]那样足智多谋的兽医。他们肯定有更人道更科学的办法。无论如何，用一辆重达两吨的警用皮卡把它撞死，感觉还是太残暴了。

有关部门说那头奶牛对过往车辆构成了严重威胁，但鉴于公路已经封闭，这个理由未免牵强。依我看，更像是幕后下令实施冲撞执法这一伟大创举的那个大聪明，有点欺牛太甚了。

---

1 吉米·哈利（James Herriot），苏格兰著名兽医、作家，著有《万物生光辉》为代表的"万物"系列作品。——译注（说明：本书页下注除特别标明外均为译注。）

不过有美国同行的衬托,英国警察的表现堪称模范。3月,美国弗吉尼亚州某地警察受命去对付一头出逃的奶牛。他们拉着警笛,闪着警灯,以雷霆之势奔赴现场,噼里啪啦一通乱射,结果那头行动迟缓、身体侧面足有十平方英尺[1]的奶牛安然无恙,一名警察却中枪倒地。伤者被送往医院后,那头牛也被某个专业人士成功制服,但警方最后还是把它给毙了。

这样的悲剧真叫人无语。好在天无绝牛之路。虽然这与我的直觉相悖,但斟酌再三,我还是决定加装新的围栏。

年轻那会儿看电视,经常不得不耐着性子听那些主持人没完没了地说些废话,因为我实在懒得从椅子里爬起来去换频道。现在好了,有了遥控器,我根本用不着挪动屁股。詹姆斯·梅[2]刚开口说了句"大家好,欢迎收看……"我手指一按,咻,他就没影了。

我再也不用跑到公用电话亭,踩着流浪汉的尿跟朋友

---

[1] 1英尺约等于0.3米。
[2] 詹姆斯·梅(James May),英国电视节目主持人,曾和本书作者联合主持过《疯狂汽车秀》。二人可以说是超级损友关系。

煲有味道的电话粥;也不用和邻居共用电话线路[1],你家打完我才能打。因为在当今这个时代,拥有一部智能手机已经上升到人权层面了。

人类生活在各个方面都变得更简单、快捷。我们不再用摇柄发动汽车;也不用坐一个半小时的渡轮,把人颠得七荤八素才能到达英吉利海峡对面;我们甚至用不着出门就能买到自己想要的东西。

可当我们要修一道围栏时,我们所用的方法,和库布里克执导的那部《太空漫游》电影开头大猩猩的方法仍然没什么两样。这时我们要用上一种名为打桩器的工具,实际上它就是一截两边加了把手的沉甸甸的铁套筒。那绝对是天底下最累人的玩意儿。

栽一根桩子大约需要20分钟,一英里[2]围栏要栽1 320根桩子,而我的农场围栏可能有20英里长。干完这活儿,我恐怕能练就一双麒麟臂,掰手腕能赢过泰

---

[1] 20世纪初,电话技术取得重大发展,可由于单独的电话线路过于昂贵,电话公司便鼓励邻里间共享线路,称为合用线。这种做法的好处是节约成本,弊端是当一家处于通话状态时,共享线路的其他电话无法拨出,而且这种共享也使得窃听变得十分普遍。
[2] 1英里约等于1.6千米。

森·福里[1]。因此我决定另辟蹊径，发挥我的钞能力，雇人来干。

遗憾的是，我的围栏计划生不逢时，赶上全世界木材短缺。都是全球变暖害的，要么就是日益突出的跨性别问题，或者哪里又暴发了新的瘟疫。

最近，有种体形还没米粒大的小甲虫在加拿大吃得很开。整个加国岌岌可危。它们从不列颠哥伦比亚省开始，一路向东，几乎啃光了所到之处每一棵树的树皮，而今已经拿下了半个阿尔伯塔省。鬼知道它们的食欲怎会如此旺盛，恐怕要不了多久，整个加拿大连一棵树都别想剩下了。

导致木材短缺的不仅仅是这些六条腿的杂酚油[2]先生，因为除了它们还有新冠疫情。疫情让世界停摆，把人们圈在家里。面对凭空冒出来的空闲时间，有的人在家做起了面包，有的人学起了法语，有的人画水彩画。但大多数人的想法是：反正闲着也是闲着，不如把家里整修一下？

于是他们纷纷跑到DIY商店，买来木材修地板、栽篱

1　泰森·福里（Tyson Fury），英国重量级拳击运动员。
2　杂酚油，又名木馏油，是一种消毒剂和防腐剂，主要用于木材防腐、防虫蛀。此处代指甲虫。

笆、扩建房子。这种情况不单单发生在英国。全世界都一个德行。

所以,那些尚未被甲虫祸害的树木就变得愈发紧俏,更有雪上加霜者,锯木厂也不够用。2008年金融危机之后,大批木材场出于对次贷问题的本能反应而选择破产关门。结果到了今天,虽然原木伐出来了,能把它们变成木材的地方却少得可怜。

新冠疫情还严重影响了海运。即便你能找到尚未被甲虫糟蹋的树,能找到仍然开门营业的锯木厂,能不能找到运输公司也仍是个大问题。鉴于此,你很可能会考虑从欧洲进口木材。呵呵,咱们大英已经脱欧了呀,只能说祝你好运。

由此引发的后果是,篱笆桩子比大部分航天火箭还要贵。要想搞到一根桩子,你还得到酒吧的后巷子里去密会某个名叫德里克的可疑人物。

过去一年我在农场上确实种了不少树,可要用它们修建能够防止我的牲畜死于白痴警察之手的围栏,起码还要等上三十年。无奈之下,我把目光投向了铁制围栏。

但结果是一样的。谁都知道现如今木材比海洛因都贵,在寻找替代品的问题上,大家自然也就不谋而合。于是每一家做金属围栏的公司的网站上都出现了这样一句话:"由于前所未有的需求……"不那么官腔的说法就是"不好意思,爷卖完了"。

修建围墙也不现实。石头倒是不缺,我们脚底下多的是。可难的是我上哪儿找会垒墙的师傅。我起码要保证垒好的墙不会倒。农场上有个不错的伙计似乎可堪大任,但他今年已经72岁,每天修墙的进度还赶不上獾在夜里拱塌的速度。让他垒一道20英里长的围墙?我怕他会壮志未酬身先死。再说,只砌石墙对牲畜而言就是摆设。羊能爬过去。只要激励得当,奶牛能拿下全国越野障碍赛马的冠军。猪就更不用说了,个个都是越狱高手。和它们相比,史蒂夫·麦奎因[1]都像个菜鸟。

于是我不禁担心,未来几个月内我们可能会在公路上看到更多牲畜。因此我认为,或许有必要出台一部新的法律,好提醒咱们的警察,他们不能故意撞牛、狗或其他任何动物。要撞就撞小偷去吧。

---

1 史蒂夫·麦奎因(Steve McQueen),好莱坞动作影星,主演的电影《巴比龙》被誉为"影史上最伟大的越狱电影"。其他作品有《大逃亡》《人民公敌》等。

种辣椒可真烧钱

农业部那帮黄口小儿号召农民要学会自力更生,不要再依赖政府的财政资助。还说农民要想生存下去,得走多样化经营之路。

鉴于此,过去18个月中,我在农场上启动了许多令人兴奋的赚钱项目,然后又惶恐不安地看着它们几乎全部沦为代价高昂的烂尾工程。

我的头一个项目是土豆,它们长得还不错。悲催的是,最终我不多不少收了16吨。这么点土豆大型超市根本看不上,可在路边摆摊零售又太夸张了些。等盖好了农场商店准备开售时,我却发现它们已经全部烂光了。

接着我开始筹划养鳟鱼。我挖了个池塘,为了防止鱼被晒伤,我还给它们提供荫凉,又从美国进口了一台自动喂鱼器。最后的结果是,我卖了几条给本地酒吧,某天晚上就着没烂的土豆吃了两条,其他的全部成了水獭和苍鹭的自助餐。

山葵[1]?这是我迄今为止最大的灾难。通过实践我注

---

[1] 山葵,一种食用辛香植物,在国际市场上是极为珍贵的调味品。但山葵生长条件特殊,适合种植的地区十分有限。作者在下文称之为"绿色黄金"并不夸张。

意到，整个英国可能只有一个不信邪的老家伙觉得在英国不仅可以种山葵，而且这还是个发家致富的好项目。但我的一败涂地并不足以证明我判断失误。在英国完全可以种山葵，只要你肯用心，愿意昼夜不停地伺候它们。可我做不到，我得卖土豆，得拯救我的鱼，得种我的小麦、大麦和油菜，得主持《谁想成为百万富翁》，得写《大世界之旅》。[1]当我终于有五分钟空闲去瞧瞧我这些"绿色黄金"时，我突然又想到还得给报纸写篇专栏文章。

结果，我的大部分山葵成了野鸡的口粮——彼时农场上已是野鸡遍地，咯咯之声不绝于耳。你可曾见过野鸡流汗？本人见过。幸存的一部分山葵，我曾试图卖给伦敦的饭店，但该计划以失败告终。我把它们放到我的农场商店里，可大多数顾客通常只是看上一眼，便扭头去买了香肠。

事实上，根本没人想买蔬菜。这样也好，因为我专门开辟出来种蚕豆、菠菜以及其他蔬菜的五英亩[2]地上，只长出来六根看上去像杂草，但又被人叫作甜菜的东西。

---

[1]《谁想成为百万富翁》是英国著名游戏节目，参加者通过答题赢取奖金。《大世界之旅》是一档汽车类节目，由作者和詹姆斯·梅、理查德·哈蒙德主持。
[2] 1英亩约等于0.004平方千米。

唉，就这么着吧。

当然，也不是所有努力都徒劳无功。勤劳的小蜜蜂酿出许多蜂蜜。农场商店在某种程度上也颇为成功——尽管今年冬天我得关门一阵子，把现在大家都挺喜欢的漂亮又典雅的绿色屋顶，换成地方议会喜欢的俗不可耐的仿真石板屋顶。

不管怎样，因为我在400个项目中尝到了两个项目的甜头，我便毅然决定再接再厉。下一步，我要种辣椒。

这意味着我需要建两个塑料大棚。大棚这种东西在乡下处处可见。以我目空一切的德行，我自然看不出建设起来有什么困难。要知道在手头没有任何工具，只有一个詹姆斯·梅时，我曾在北极的狂风中徒手支起过一顶帐篷。所以在搭棚子方面，我称得上经验老到。

然而，当送货的大卡车来到农场，要用我的伸缩臂叉车才能把材料卸下来时，我开始怀疑我是否太不自量力了。当我发现分步操作手册足有60页厚，并在第一页便提醒用户不要尝试独立安装时，我确实感受到了恐惧。

这表示我需要请教一下我的新园丁，而他认为我的首要任务是修造灌溉用的暗沟。鉴于我选择建造大棚的位置毫无遮蔽，我还得修建一道保护性的堤岸。

此类工程是否需要规划许可，目前仍有争议，因此我也懒得问了。我直接用了当初盖房时留下的废弃土石，在上面铺一层土，撒上野花种子。那些花草长得十分茂盛，吸引了众多昆虫到此安家。等地方议会拿着他们没完没了的执行通知书过来时，生米已成熟饭。他们恐怕也就没辙了。

排水系统也在规划之中。三个人仅用了四天时间就宣告竣工。有了它，我的辣椒大棚再也不怕狂风暴雨。

不过这头一件事是，我得先把塑料大棚建起来。于是我坐下来开始研究那本厚达60页的小册子。第一页研究到一半的时候，我意识到自己根本坐不住。手册上的示意图全都一个鬼样，看着像复制粘贴的；还有"模锻[1]"之类的专业词汇，我一个都看不明白。当然，现在我明白了。因为解释就在第二页的页脚。可惜啊，我是在把卡莱布[2]从他的拖拉机上拽下来让他帮忙（代劳）之后很久才研究到

---

1 模锻，一种锻造方法，利用装在锻造机器上的锻模，在锤的打击或压力机的作用下，使金属在锻模的型腔内变形，从而获得锻件。
2 卡莱布·库珀（Kaleb Cooper），作者农场所在的科茨沃尔德的本地人，年轻能干，精于务农，单纯率真。作者由于不会务农，经常需要他的指导或代劳。

那里的。

不出所料,我和卡莱布很快就有了分歧。就我个人的经验(偏见)而言,卷尺是不准的。因为如果是我在生产卷尺的工厂里上班,我肯定会把刻度标得长短不一。

卡莱布说我胡扯,气冲冲地丈量基桩位置去了。随后因为要不要底座的问题,我们又争论起来。我们不得已给厂家打了个电话,结果发现基桩需要用水泥固定。

于是我们再度召唤挖掘机,又拉来速凝水泥。一周后,第一个大棚的框架便立起来了。这工程着实恐怖,充斥着累死人的体力劳动、太阳暴晒、争论和花粉病。今天上午,第二个大棚的框架工程也已开工,但遗憾的是,我在屋里写这篇稿子,帮不上忙。明天,等我在伦敦启动最新一期的《大世界之旅》,写完另一篇专栏文章,我大概肯定就能出去加入他们,帮他们扶一下水平仪,或挖上几锹土了。

不管有没有我的参与,要不了多久,那些框架上就会盖上塑料薄膜,洒水系统投入使用,我的菜苗会在里面茁壮成长,把阳光、肥料和温暖转化成一个个鲜红饱满又火辣辣的小辣椒。

原本我想种最辣的辣椒,但后来了解到那种辣椒培育起来难度极大,于是作罢,况且我也担心顾客吃完第一罐我的辣椒酱,下半张脸被辣得惨不忍睹后,就再也没胆量买第二罐。

所以我决定种植辣度适中的墨西哥青椒。这种椒好种,也好吃。唯一的问题是,等大棚建起来时,我的投入差不多将达到两万英镑。如果我还有勇气奢求盈利,那么我的辣椒酱大约得卖到500英镑一罐。老天真是眷顾我啊。

总之,所谓的多样化经营,听上去当然很美。然而,真正成功的人凤毛麟角。

植物杀手这行，无人与我比肩

过去18个月间,我的新房子一直以一种慢动作的施工方式缓慢成形。如今好歹有了房顶和窗户,我觉得是时候开始考虑花园的样式了。所以,我上周欣然接受了汉普顿宫皇家园艺展[1]预展日的邀请。

我不擅长的东西有很多,但我好像尤其与植物八字不合。不管什么样的绿植,到我手里都难逃一死。有浇水太多淹死的,有浇水太少干死的,有放错房间的,有离暖气片太近或太远的。我可能是古今英外有史以来唯一一个能把吊兰养死的人。

轮到户外植物时,情况也好不到哪儿去。去年我在一个石槽里种了一株紫藤,它死了之后我才知道,紫藤是不能种在石槽里的。我种的铁线莲蔫了。我新栽的树更狠,自己给自己来了个巴西蜜蜡脱毛。我在我住的小屋旁边的花园里随便撒了些种子,最后那花园看起来却像城里的交通环岛。

---

1 汉普顿宫皇家园艺展,由英国皇家园艺协会主办的大型花事活动,号称是世界上规模最大的综合花展之一。

我甚至不知道如何正确使用园艺工具。错误操作往往会损坏工具，无论它看上去多么结实耐用，哪怕是德国货，到我手上也只能自认倒霉：刚买回来就坏了，然后我就不得不到店里再买一个。去年光买小泥铲就花了我将近四百万咧。

不过，对汉普顿宫之行，我倒是充满期待。和一群开着沃尔沃、穿着蒙提·唐[1]同款户外松紧工装裤、言谈举止和蔼可亲的人应酬交际，想必会是充满绅士风情的一天呢。同时我希望，在园艺展上转一圈，或许我就知道自己该买什么，该追求什么样的效果了。

今年园艺展上的重头展品是一架坠毁的飞机。它被安置在一片麦田当中，损毁的机身上印着"人类"二字。机身下是一堆阴燃的木炭，周围是一堆凌乱的行李箱和座椅碎片。

我女朋友亲身经历过坠机事故。那年，她乘坐的里尔喷气式飞机滑出了诺索尔特机场的跑道，冲到了附近的A40公路上，随即被一辆面包车撞成两截。所以看到这样

---

1 蒙提·唐（Monty Don），英国畅销书作家，顶尖园林艺术家，英国广播公司主持人，他主持的《园艺世界》是英国历史最为悠久的园艺节目。

的展品,她心里自然不舒服。而我?我百思不得其解。难道会有人想在自家的花园里摆上一堆坠机残骸吗?也太傻了吧。

后来听说该展品的主旨在于提醒参观者航空旅行的可怕后果,但我还是想不通。因为最近这一年半已经没人坐飞机了。今年夏天,大多数人恐怕也不会有此计划。[1]

展览组织者显然是魔怔了。我们继续参观,下一站是个卖河粉的越南街边小吃摊。在那里,有个发型与众不同、衣裙肮脏不堪的女人和我搭话。她说她是记者,至于来自《每日电讯报》还是《每日邮报》,她自己也说不清楚。

总之,我点鸡肉河粉的时候,她问我对今年展会的生态主题有何看法。我坦率地指出,想举办一个没有生态主题的园艺展其实难度挺大的,除非你把一架坠毁的飞机拉到展会上。我的回答似乎激怒了她。她说大部分花园都存在"残害生命"的行为。后来她写了一篇蠢度颇高的文章,说我被英国广播公司解雇之后,给花园里的所有东西

---

[1] 作者写作此文时,英国正受新冠疫情的影响。

都喷了草甘膦[1]。显然她的信息库还有待更新。

摆脱这次令人愉快的邂逅,享用过美味的越南河粉,我又光顾了其他几个摊位。卖袖扣的,卖鞋的,卖喷泉设备的,反正跟生态主题完全不搭,连植物都难得一见,最后好不容易看见一片草坪,结果上面挤满了安西娅·特纳和托尼·罗宾森[2]。

不过在附近的一个大帐篷里,倒有些我中意的盆栽和花卉。它们每一株上都挂着拉丁语的标签。可惜这门语言我并不精通。和所有从优质公立学校毕业的男生一样,让我列一个动词词形变化表或许不在话下,但要让我用这个表格去建一座花园,真的是在难为我了。我憋了一肚子火。所以当一个挎着篮子、浑身蒙提·唐打扮的人过来问我新上市的路虎卫士怎么样时,我用德语回答了他,好叫他也体会一下我看到那些拉丁语标签时的感受。

---

1 草甘膦,一种除草剂。
2 此处借指老年人。安西娅·特纳(Anthea Turner)是英国电视和电台名人,以她在英国广播公司的工作和健身录像带而闻名。托尼·罗宾森(Tony Robinson)是英国喜剧演员、电视节目主持人和政治活动家。两人在英国都是家喻户晓的人物,前者生于1960年,后者生于1946年,二人年龄很能代表园艺展中参观者的主要群体。现实中参观该展会的游客一半以上都是老年人。

我喜欢的许多绿植都是日本货，因此我对它们能否在科茨沃尔德的某座小山顶上存活下来缺乏信心。我对某些来自南美的弯弯曲曲的植物也同样存疑，尽管它们看上去相当茁壮。随后我向一个人请教某种看起来十分有趣的苔藓。"我敢打赌，那些恨你的人会活着堕落。"那人微笑着用拉丁语说了这句话，说完还冲我眨眨眼。

我之所以去汉普顿宫凑这番热闹，是因为我想建一个下沉式花园、一个果园，还想在房子旁边弄几个像样的花坛。逛了两个小时却一无所获，我真是受够了。我甚至想过干脆一跺脚回去算了，把原本计划建花园的地方全部铺上水泥，再丢上几只死獾作为点缀，好气死那个不知是来自《每日邮报》还是《每日电讯报》的怪女人。

但我咬牙忍住了。最后我终于碰到一个卖攀援蓝铃花——他称之为蓝钟藤——的好心人。他拍着胸脯向我保证，这种植物室内室外都能活，还不挑土壤。于是我花25第纳里乌斯[1]买了一株回家。结果就是今天早上，我在汽车后备箱里找到了它；茎秆倒向一边，断了。

---

[1] 第纳里乌斯，古罗马货币系统中从公元前211年开始铸造的小银币。此处意指这株蓝钟藤价格虚高。

除了一株死掉的植物，陪我一起回家的还有发热和气喘。我很郁闷，因为今天我既买了温布尔顿的网球票，也买了温布利的足球票。[1]

但愿我得的不是新冠肺炎。因为我不想错过比赛，万一又有哪些白痴为了表达他们愚蠢的观点而把飞机残骸摆到球场中央呢？我很想看看球手们怎么让球拐弯。

---

[1] 温布尔顿，世界性网球公开赛事温布尔顿网球锦标赛的举办地。温布利是英格兰国家足球场温布利球场所在地，该场馆是英格兰国家队以及英格兰足总杯的决赛场地。

动物的幸福国度

"我讨厌大象、狮子和奶牛;每天晚上睡觉的时候我都梦想有朝一日能让我撕掉水獭的腿。"你从不会听到有人会说出像这样的话。这是因为大家都喜爱动物。我们喜欢看动物,喜欢摸动物,喜欢吃动物。

我没说错吧。比如,哪天当你站在超市里面对两条羊腿:一条来自英国本土,售价20英镑,另一条来自新西兰,售价15英镑;你可能轻而易举便做出了选择。买新西兰那条。真好。

可实际情况并不那么好。在外国养殖场上长大的动物,不管它来自新西兰、美国、中国、巴西、加拿大还是澳大利亚——鲍里斯最近和澳大利亚达成贸易协定,都快把这事吹上天了——其生活品质和它们养尊处优的英国远房亲戚,是不可同日而语的。

没错,这是真的。比如我养的那些小公羊,我们会用橡皮筋把它们的阴囊扎起来,如此过上几周,它们的睾丸便会自行脱落。听起来似乎很残忍,但不这么做,它们就会乱搞自己的姐妹,有时候连兄弟也不放过。

我们还要剪掉羊的尾巴,因为留着没什么用,还容易引起绿蝇蛆病。某个周日的早晨,你正在吃早餐,然后……细节不提也罢。这么说吧,被蛆活活吃掉是相当恶心又惨烈的一种死法。

简单地说,不管羊、牛还是猪,总之所有我们喜欢吃的动物,在英国都是娇生惯养的。我们热衷于提高它们的幸福指数,到了不计成本的地步。生在其他国家的动物可没这个福气。

以美国各州为例,怀孕的母猪会被圈在一个两英尺宽的猪栏里长达16周。这能防止它们打架斗殴、互相攻击,甚至吃掉同类,从而大大提升养殖收益率。对于有经济头脑的消费者来说,这是好事,可对猪来说是极为悲惨的经历。

这还不算什么。菲律宾的养猪户会在饲料中添加一种叫作莱克多巴胺[1]的药物。它能有效提高生猪的瘦肉比例,让它们一个个健硕得能拿下环法自行车赛冠军。缺点是这种添加剂容易导致部分猪剧烈颤抖,以致会把自己的腿搞断。

我寻思着在我的农场上也养些猪。但我不想用猪笼,

---

[1] 莱克多巴胺,即瘦肉精。

也不想使用能把它们变成兰斯·阿姆斯特朗[1]的药物。我考虑把它们放养到我的林子里。它们在里面可以自由自在地拱来拱去,以野蒜和豆瓣菜为食。我毫不怀疑,将来它们的价格肯定要高于从俄罗斯或加拿大进口的猪肉,但如果消费者们都能接受教育……?

我明白鲍里斯为什么要和澳大利亚达成那项贸易协定。他带领英国成功脱欧,当然需要一个机会来证明英国即便单打独斗,也照样可以从事国际贸易。所以他才会在他的公关大会上对人们说,远在悉尼的消费者而今也能享受到地道的英国传统马麦酱[2]了。对此我严重怀疑,但我明白他的意思。

现在是时候吐槽几句了。因为他签的是一份双向奔赴的协定。澳大利亚进口我们的马麦酱,我们进口几百万吨他们的牛肉。那些牛身上打过烙印,从小吃激素长大,在完全不受监控的屠宰场里被宰杀,而后被放在温度足以融

---

[1] 兰斯·阿姆斯特朗(Lance Armstrong),美国职业自行车运动员,曾连续7次获得环法自行车赛冠军。
[2] 马麦酱,英国的一种特色食品,用啤酒酿造过程中最后沉淀堆积的酵母制作而成,其味道见仁见智。外国人对它的评价和中国人对香菜的评价差不多。

化石头的容器里储存数小时,运往目的地。

我曾到过澳大利亚一个养牛的农场,当真是大开眼界。单单一个农场的面积,比肯特郡大,比萨塞克斯郡大,比汉普郡大,比伦敦大,比埃塞克斯郡和赫特福德郡都大。那地方好似一大片红色的沙漠,足足四万头牛在那儿溜达。鬼知道它们在吃什么;鬼知道它们靠什么消遣娱乐。那才叫货真价实的大规模生产,一个巨无霸式的户外工厂。它生产的牛肉很快就会运往英国,和我们家庭作坊式的养牛农场出来的牛肉同台竞争。

英国的农民太难了,这毫不意外。他们既要遵守本国的《动物福利法》,又要和无须理会《动物福利法》的外国农民打价格战。这怎么可能赢呢?

你问我怎么办?办法倒不是没有。他们可以放弃农业,拿着政府的补贴搬到沃辛的小别墅,把他们的土地腾出来给极限自行车手以及斯特里特-波特[1]和帕卡姆[2]的

---

1 珍妮特·斯特里特-波特(Janet Street-Porter),英国制片人和演员,曾在英国广播公司担任节目主持人,同性恋的坚定支持者。她曾公开表示不喜欢本书作者,并说他是她最讨厌的五个人之一。
2 克里斯·帕卡姆(Chris Packham),英国电视节目主持人,动物学家,自然主义者,在英国广播公司工作时出品过一些质量颇高的自然类节目。

追随者们建造莱卡[1]主题公园。要么就奋起抗争，告诉英国的消费者们，进口食品之所以便宜，是因为它们都是垃圾。

这么说，一时半会儿可能会有人不理解，毕竟我们的味蕾被核打击了20年——含糖量高到离谱的面包，麦当劳的秘制酱料，咖喱鸡，炸鸡，用人工调味的地毯衬垫做成的薯片——所以大部分人连上等牛肉与核桃巧克力棒[2]都区分不出来了。

和大多数中产阶层一样，当我坐在饭店里吃着和牛[3]，听可笑的服务员煞有介事地向我解释和牛如何饲养、肉被悬挂了多久，因此显然值45万英镑。可事实上，倘若做一次蒙眼测试，我可能会觉得它与我有一次在乍得[4]和苍蝇一块儿分吃的那块脆骨没什么区别。

---

[1] 莱卡，一种用于制作长筒袜和泳衣等紧身衣物的弹性纤维衣料，也可代指紧身衣。
[2] 核桃巧克力棒，在英国十分流行的一种巧克力零食。下大上小，呈锥状，顶部嵌有核桃仁，主体为牛奶巧克力，内有香草流心夹心。
[3] 和牛，日本从1956年起改良牛中最成功的品种之一，毛色以黑色为主，是世界公认的品质最优秀的良种肉牛，其肉大理石花纹明显，又名雪花肉。
[4] 乍得，非洲中部的一个内陆国家。

所以我们没必要解释英国牛肉比澳洲牛肉、新西兰牛肉或美国牛肉好吃，即便真的口感更佳，也只有牛肉大师才品得出来。

然而英国农民可以拍着胸脯说，我们饲养的牲畜，在被端上餐桌之前，绝对比它们的外国同胞度过了更加幸福的一生。我相信这么说肯定能打动几根心弦。

让消费者们看看拴着铁链的美国小牛，它们舔食的那能叫牛奶吗？还有被药喂大的巴西牛，个个壮得像施瓦辛格。告诉消费者们，美国乳制品中的抗生素残留比咱们英国允许的水平高出八倍。

我还没说完。让他们瞧瞧澳洲成年绵羊无麻醉阉割，以及在热带风暴中用轮船运输活牛的图片。我相信你肯定知道晕船的滋味，很痛苦的。想象一下这种绝望：置身于一个无比拥挤的环境，连躺下的空间都没有，脸上有疮口，又痒又疼；喝的水被污染得不像样子，浑身上下都沾满同伴的厚厚的粪便。

当然，有人担心，倘若曝出这些惨不忍睹的内幕，人们瞬间就会变成素食主义者。所以为了避免这种结果，我们需要让消费者们看看咱们英国农场的动物过的是什么神仙日子。茂盛的草地，潺潺的溪水，清爽的阵雨，时不时再穿插一段连绵的雨水天气。我们的农民人善心美，屠宰场经营有方，牛粪又滋养了不知多少土地。我们得让普通人知道，前阵子那些所谓的研究人员在《星期日泰晤士报》上发表的关于种土豆比养牛对环境更有利的言论——借用我的农场节目中开心查理[1]的话说——"几乎可以肯定是完全错误的"。

自凯莉·约翰逊[2]带着她的小宠物狗搬进唐宁街10号那天起，在克里斯·帕卡姆的支持下，社交媒体上的左翼分子，格蕾塔·通贝里[3]以及素食运动倡导者们就火力全开，发起了一场来势汹汹的反农业和反肉类运动。从我的角度看，这场闹剧就像一阵充斥着假消息和愚蠢的海啸。

所以我们必须反击。我们得开着拖拉机，带上我们自己种的食物到超市外面静坐去；我们得告诉广大消费者，

---

[1] 农场节目指亚马逊公司出品的《克拉克森的农场》，开心查理即作者的农场经理人查理·爱尔兰（Charlie Ireland）。
[2] 凯莉·约翰逊（Carrie Johnson），原名凯莉·西蒙兹（Carrie Symonds），英国前首相鲍里斯·约翰逊（Boris Johnson）的妻子。
[3] 格蕾塔·通贝里（Greta Thunberg），瑞典激进环保主义者。出生于2003年，在15岁时发起"星期五为了未来"的气候保护活动，该活动迅速蔓延至多个西方国家。西方舆论界对格蕾塔褒贬不一。

如果他们真的在乎动物，在乎自然；如果他们还希望在自家的花园里看到红纹丽蛱蝶，那他们就得放聪明一点，从现在开始只吃英国牛肉，哪怕它比外国牛肉要贵上五英镑。

我与一种烦人的杂草的战争

就多数工作而言，每天遇到的问题通常大同小异：无线路由器坏了，有人请病假，复印机没墨了。但干农业很不一样，因为你每天都将面对意想不到的问题。

听普通人抱怨，无非是哪天早晨上班的时候发现有人占了他们在单位里的停车位。我心想那确实挺烦人，可起码你们用不着面对一只自己爬进油桶淹死在里面的羊，或毁掉你全部小麦的倾盆大雨，或拖拉机复杂的动力输出单元中某个淘气的小妖精[1]。

最近几周，我发现有股势力正在我房后的大麦田里蔓延。它虽为绿色，但又不同于大麦。这引起了我的忧虑。于是我给我的土地经纪人开心查理打了个电话，他自然说这是个大问题。

原来那就是鼎鼎有名的雀麦草[2]。这种草会和大麦争夺

---

[1] 西方的一种说法，当机器出现故障时，人们会责怪一个假想中的小妖精，认为是它引起的故障。
[2] 雀麦草，俗称火燕麦、浆麦草、野子麦，广泛分布于欧亚温带，是草原主要牧草之一，但带入麦田后是难以根除的恶性杂草。雀麦草有清心败火的功效，国内江浙沪一带的清明节令食品青团，其制作过程中会用到雀麦草的汁液。

养分与阳光，而大麦通常又争不过它。若是放任不管，最后你很可能会忙活一季却颗粒无收。

要解决这个问题，我们首先得搞清楚这杂草是从哪儿来的。查理推断说，草籽很可能是我们当初播种时借的条播机里带的。一听这话，我立马便要去给我的拖拉机司机卡莱布上上农业课。这小子，干活儿之前怎么不先把条播机清洗干净呢？

不过，就在我争他吵、我喊他叫的失控场面即将出现的时候，查理又想到了别的可能性。一年前我曾在这片地上放过羊，因此他推断有可能是羊的粪便把草籽带到了这里。"这群畜生！"我小声骂道。死了都不让我安生。可随后我又发现这个锅也不能让羊去背，因为下午散步的时候我注意到，不止那一块地里出现了这种草。可以说，它已经遍布农场了。

我没有跪到地上抱头痛哭，虽然我心里是这么打算的，但我得赶紧去处理其他问题。比如，伯明翰人在电视上看过我的农场节目后，散步时会跑到我的麦田里。个别本地人给规划部门写信举报，说我的产羔棚从来没用过。这人显然没看过我的节目。

匆匆回家喝杯茶的工夫，我遇到隔壁农场的老板来找我。他说他农场上的那个湖里，美国小龙虾已经泛滥成灾。这种虾侵略性很强，十分讨厌，但味道还不错。他问我能不能在我的农场商店里卖。听起来这都不叫事儿——小龙虾就好比水里的灰松鼠[1]，人人得而吃之——当然，如果没有许可证的话，政府是不会让我捕捞的。

随后卡莱布过来跟我说，小龙虾从湖里捞上来后得先装在水箱里，用土豆喂养三周，然后我才能把它们作为本地小吃，卖给那些在我的麦田里走得又累又饿的人。正如我前面所说，农民每天面对的问题从来不会简单，而且都在预料之外。

说回草的事情。我在和那个为小龙虾头疼的农场主聊天时得知，他的大麦田里也出现了雀麦草。既然如此，我们决定暂时把追本溯源的事先放一放，开始专心思考如何除掉它们的问题。

---

1 灰松鼠原生于美国，19世纪70年代引入英国之后，很快成为入侵物种，严重威胁到了本土红松鼠的生存。因此一直有专家呼吁英国人猎杀和食用灰松鼠。美国小龙虾也是数十年前才引入英国的，因为没有天敌，如今也已泛滥成灾。

我的这位邻居几乎把他的整个农场核打击了一遍。"不这样不行,"他说,"否则你就等着打持久战吧。"

但卡莱布说没必要,因为明年这块大麦地就要种油菜了。我并不理解这其中的因果关系。

这是我从农业中学到的又一件事。解决问题的方式永远没有对错之分。人类从事农业生产已经有12 000年的历史,可今天我们依然在摸着石头过河,依然在不停地学习和观察。

按照查理的说法,消灭雀麦草最简单的方式,就是效法古人,用火烧。但如今这是明令禁止的,因为浓烟会污染空气。而对于我的另一个提议,他毫不犹豫地回答说:"门儿都没有,杰里米。故意不小心放火也不行。"

当天夜里我上网查了下,有睿智的网友说犁地能把雀麦草的种子深埋于地下,使其窒息而死。可这个办法眼下也行不通,因为犁地不仅要耗费几百万升柴油,还会把土壤中吸附的碳释放出来。这对气候变化来说简直是双重灾难。

不过,等大麦收割之后,我可以翻一遍土,然后喷一遍草甘膦。但这不是长久之计,毕竟草甘膦已是过街老鼠。甚至有传言说，它离被禁的日子已经不远了。这消息害得我经常夜里睡不着觉。

这些雀麦草的命可真好。不能烧，不能深犁，过不了多久连农药也不能打了。对于坐在白厅[1]办公室里吹空调的老爷们来说，这一切是那么理所当然。我们要积极应对气候变化，要保护昆虫。怎么个意思？就是你们只管高尚，不管我的死活呗。我坐在农场上，望着满地的杂草无可奈何。但这时，我脑子里忽然有了新的想法。

大家也都知道，市中心所有的正经商店正逐渐被一些乱七八糟的果汁吧所取代。这些人在内卷的大潮中无所不用其极，疯狂到连金链花[2]和荨麻这些骗人的玩意儿都能成为他们的原材料。有一大帮骨瘦如柴的城里女人却对此类饮料趋之若鹜，因为她们就是喜欢用一杯鼻涕状的绿色黏液开启她们的一天。

---

1 白厅，英国伦敦的一条街道，连接议会大厦和唐宁街，附近有国防部、外交部、内政部等众多政府机关，因此白厅就成了英国政府部门的代称。
2 金链花，又名黄金雨，花开时如黄色瀑布；又名毒豆，其种子含有一种叫作金雀花碱的生物碱，具有一定毒性。后文中的荨麻也有毒性，接触可引起皮肤炎症。

既然如此，用雀麦草做原材料有没有搞头呢？当然，我们知道人类的消化系统并不是为吃草而生的——所以牛有四个胃——但凑巧的是，雀麦草理论上是可食用的，我指的不是它的纤维，而是其他部分。

我毫不怀疑，以雀麦草为原料的新型饮品，在营养价值上绝对不值一提，其口感将比杏仁蛋白糖味的马麦酱更灭绝人性，可这对年轻人，对瘦成闪电的减肥家，对脑子进水的白痴来说，无关紧要。从照片墙（Instagram）上找几个网红摇旗呐喊，就说雀麦草是将要替代牛油果的新兴生态食品。我甚至可以连黑草[1]一块儿宣传。怎么讲呢？把可持续发展的小道踩得越宽越好。

我估计从今往后这就是农民的生存思路。鉴于今后夏季高温干旱会是新常态，那我们就不再种制粉小麦，改种用来做意大利面的硬质小麦。我今年已经率先尝试，结果相当不错——我是说没有出现灾难性的后果。我们用不着再为除之不尽的雀麦草和黑草发愁，因为我们要把杂草变现。饮品店的名字我都想好了：杰师傅果汁吧。

1　黑草，禾本科看麦娘属，一种英国农场上常见的杂草。

等将来生意成功了,我就得成立个总公司,搞个停车场。那样每天都会有人打电话请病假,复印机也总是经常没墨。我会乐在其中的。如果问题可以预见,那就根本不是问题了。

学习像地道的农民一样发牢骚

2019年，这档大话农业的节目刚一开始录制，我们就遇到了有记录以来雨水最多的秋天。我费了好大的工夫才终于完成播种。今年，收割的时候到了，我又得费一番工夫。

收割工作两周前就开始了，到今天仍未完成。要是天气预报可信的话，再过十天也完成不了。到那个时候，油菜的角果已经开裂，菜籽全落到了地上；大麦脱穗倒伏，丰收无望。

从数据看，今年夏季雨水不算特别多，但我可以向你保证，雨全都下在了不该下的时候。眼看到了收割的时节，这不又下了一场大雨嘛。我们只好等作物晾干再发动收割机。

因此每隔两个小时，我们就做一次湿度检测。好不容易参数落在可接受的范围了，又来一场雨，我们只能继续等，继续测。这个过程令人无比沮丧，因为我们无能为力。除非买一个带地板干燥风机的谷仓。可那要五十万英镑，所以我是不会买的。

一天傍晚，大麦终于干得可以收割了。我们紧锣密鼓连夜开干。在湿度计显示开始有露水形成时，我们已经收割了50英亩，但此时不得不停止作业。我们把打下的满满一卡车粮食直接拉给收购商，可第二天他就打来电话，说我们夜里停得太晚，赶上了露水。他收到的那30吨大麦中，光露水就占了1.2吨。他十分通情达理地说他可不会为那一吨多露水掏腰包，于是就从总价中扣了170英镑。170英镑啊，别忘了，这比农场去年一年的总利润还多26英镑呢。

这还没完。扣完露水，剩下那29吨大麦在加工成鸡饲料之前还要经过一道烘干程序，这得收我256英镑。

当然，没有最糟，只有更糟。我们另有5吨大麦因为装不上卡车而堆在空场上，这一堆就是一周。因为实在犯不着为这么一点东西再找一辆卡车。结果一周后，这些大麦已经受潮、结皮，变得毫无价值了。又有700英镑就这样付之东流。

哦，别急。因为田里还有一半大麦没有收割，接茬的油菜无法及时播种。等到腾出土地可以播种时，可怕的跳甲[1]却

---

[1] 跳甲，俗称土跳蚤、黄跳蚤，广泛分布于世界各地的常见作物害虫，对油菜等十字花科植物危害尤其严重。

已经围上餐巾,拿好刀叉准备开饭了。就算油菜全被跳甲吃光又怎样?至少我不用担心它们全被鸽子吃掉了。

发这些牢骚其实只想证明,我已经开始进入农民的角色。如今我能一口气发几个小时的牢骚,还不带停顿和重样的。抱怨天气,抱怨环境食品和农村事务部,抱怨鲍里斯他老婆凯莉·约翰逊,抱怨该死的羊驼,抱怨克里斯·帕卡姆,抱怨脱欧,抱怨獾,抱怨乡间漫步者,抱怨木材短缺,抱怨跳甲,抱怨黑草,抱怨羊。农业的痛苦与绝望就像个无底洞,而我沉溺其中,不能自拔。

尽管如此,我依然感受到了强烈的喜悦。它像温暖的蜂蜜一样在我浑身上下的动脉中肆意流淌。而每年的这个时节,当我坐在拖拉机里,拉着拖车并排行驶在收割机的旁边,去承接从它肚子里吐出来的六吨左右的谷物时,没有什么比这种喜悦更温暖、更甜蜜。

两台机器都处在静止状态时,卸粮自然容易,但因为那样做太简单了,所以操作都是在行进中完成的。这项工作需要精神高度集中。你可能会说,就像飞行员开着阿帕奇武装直升机去打仗时那样?不,和开着卡车接住收割机里传送出来的谷物相比,开直升机简直是小儿科。因为飞行员只需控制住直升机，操作机关炮的时候用一只眼睛盯着瞄准系统，同时尽量别被敌人击落就好了。可开着卡车与收割机配合作业的难度要甩那好几条街。

首先，你要确保车辆不会碾压尚未收割的作物，以及收割后的秸秆。这要求你在驾驶车辆的时候留意前方。另外，同样重要的是，你要始终处在恰当的位置，这样收割的谷物才能落入卡车，而不是撒落一地。这就要求你在驾驶车辆的时候留意后方。

要是农民能像鳕鱼一样在脑袋两边各长一只眼睛，脖子能像马一样灵活，那就比较理想了。因为开着拖拉机行驶在凹凸不平的地面上，还要像个神经病一样一会儿瞻前一会儿顾后，没几个正常人能受得了。反正哪怕只开了五分钟，我都感觉像在一台失控的重力试验机上待了一天。

另外，装车得先装车厢后边，因为先装前边的话容易形成一个遮挡视线的小山包，等该装后边的时候你就什么也看不见了。所以你必须保证和收割机同速前进，装完了后车厢，再稍微放慢速度，使车厢前部处于卸粮口下方。这一步操作我尤其不擅长，因为它是反直觉的。我的拖拉机司机卡莱布说，换我上车操作时，他根本没眼看。他说我简直是个……算了,原话不提也罢。如果,我是说如果大把的粮食在我操作时掉在了休耕地上,你就会明白他在说什么了。

不过,偶尔我也能顺顺当当地接住粮食。装满一车,我就得抓紧时间卸到谷仓。这项工作难度也很大,原因有二。第一,我不知道卸车该按哪个按钮。第二,我的倒车技术真的很烂。我的最好成绩是倒了六把才把车倒进谷仓,而我的最差成绩是倒了十七把。卡莱布开着他那一车来到谷仓时我还在那儿倒着呢。我不得不假装自己中途去吃了个饭。但这似乎让他更加气不打一处来。显然,收割的时候是不能停下来吃饭的,也不能——他后来跟我说——中途在农场商店停车来杯美滋滋的冰镇啤酒。

虽然困难重重,虽然需要全神贯注,虽然要忍受没完没了的责怪,但我喜欢在农场上跑来跑去。我喜欢偶然邂逅的野生动物。我曾在一块地里见到一群鹧鸪,在另一块地里见过一只白化的黇鹿。入夜之后,我能看到邻居们赶在下雨前把粮食收进谷仓时,他们的机器发出的灯光。不知怎么的,生产粮食,总感觉是一件非常重要的事情。

不过,到了凌晨两点潮气越来越厚重的时候,我们不得不停了下来。当我带着满身的尘土和男子气概爬上床时，从床那边传来喃喃的声音。"收割顺利吗？"我只回了两个字"顺利"，便倒头进入了梦乡。

然而，第二天早上再看，昨晚的进展似乎也并不是那么顺利。因为我不知什么时候撞翻了三个垃圾箱，搞得遍地都是垃圾，轧得稀碎。我还彻底撞毁了一道五杆门[1]。可这些事我全然不记得。我还以为一路平安无事地回到家了呢。难怪现在大伙儿都叫我"奇平诺顿之狼"。

但这些都无关紧要，因为这一天我过得格外开心，而且现在我又有新的牢骚可以发了。

---

[1] 五杆门，用五根横木条钉成的宽阔栅门，横木角对角也斜钉一至两根木条。

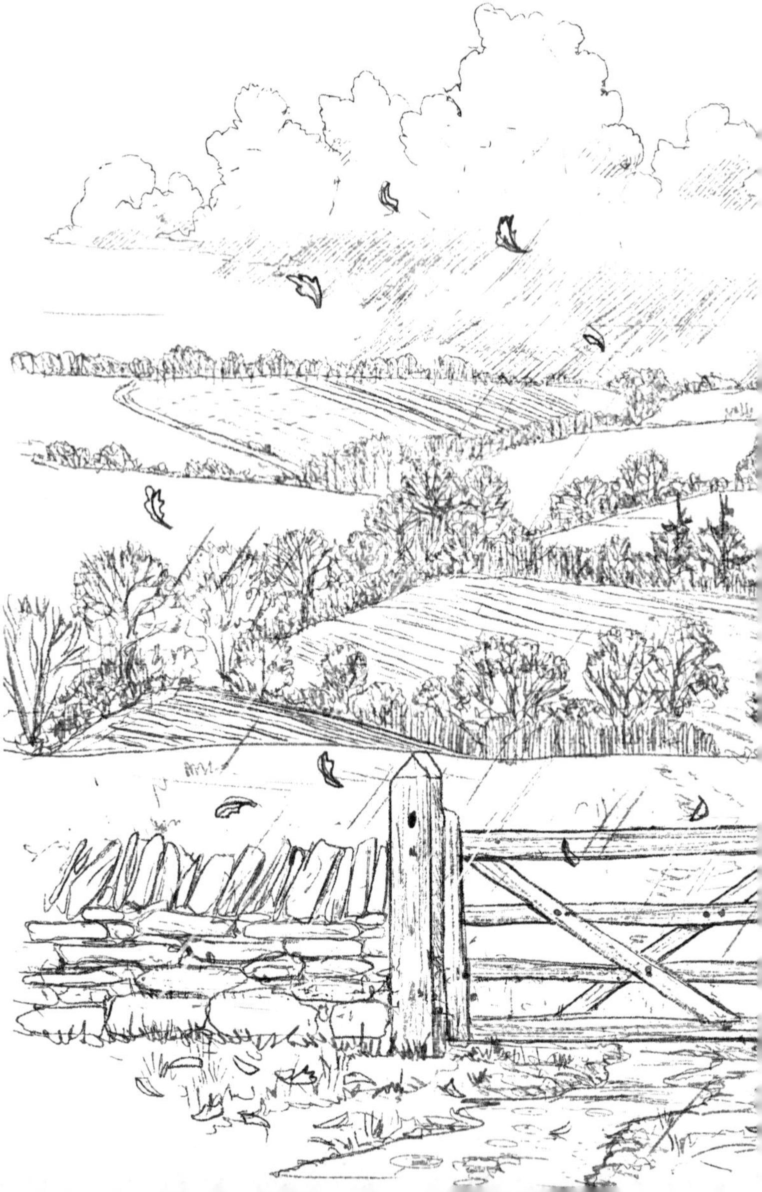

秋

养牛的麻烦

作为全世界最领先也最具影响力的生态战士之一，我决定在自家的农场上采用轮牧的方式。此种放牧方式费时费力，但鉴于它对生态最为无害，我寻思着还是叫醒内心深处的爱登堡[1]，放手一试。

具体来说，是这样的：在农场上圈出一小片地作为牧场，把一群牛赶进去。它们会吃光地上的每一棵草，又在每一寸土地上拉满牛粪。然后你把它们赶到另一片牧场继续吃草，而原来那片牧场则用来养鸡。整个夏季我都将采用这种轮换方式。鸡能从牛粪中找到虫子吃，由此获取它们生长所需的蛋白质。在觅食的过程中，鸡爪会将牛粪挠成细碎的粉末，均匀地铺撒在地面上，加上鸡本身的粪便，土壤便得到了充足的肥料。这意味着我无须再为土地施额外的化肥。这是一种纯天然的生态循环方式。个人认

1　此处指大卫·爱登堡（David Attenborough），英国国宝级播音员、生物学家、自然历史学家、作家，被誉为世界自然纪录片之父。他与英国广播公司的制作团队一起实地探索地球上已知的各种生态环境，代表作有《生命故事》《生命之色》等。

为非常绝妙。

唯一麻烦的地方在于,为了收回成本,有朝一日我得把我的牛变成牛肉卖掉。就眼下的时局来看,希望十分渺茫,因为鲍里斯为了向国人证明脱欧是一步好棋,已经和澳大利亚人达成协议,允许他们向英国出口牛肉。所以,将来在奇平诺顿的超市里,那些来自地球另一边吃饲料长大的牛的牛肉,出于某种原因,要比本地吃草长大的牛所产的牛肉便宜得多。

唯一的解决方法是跳过中间商,我自己开个餐馆直接卖牛肉。原本我打算把产羔棚改造成餐馆,但这个计划遭到了当地村子里红裤子[1]村民的抗议。不得已,几周前我只好备上奶酪与葡萄酒,和他们在纪念堂里开了一个会。那是发生在红色拖拉机运动与红裤子之间的一场(大多数时候)礼貌的争论,我自认为处理得相当好。当然,事后他们并没有把我当成理应驱逐的异教徒对待。也许因为这件事,一些人开始喊我克拉克森秘书长,大概我有加

---

[1] 英国乡间男性农民常穿红色裤子。作者好用红裤子代指乡村里无所事事、生活古板、喜欢找茬的人。

利[1]的处事作风。

接下来,我要和规划局的人斗一斗。然后还要腾出时间对付那帮激进的素食主义者。他们莫名其妙地认为反刍动物的存在会破坏环境。好吧,你们说得都对。那咱们先把塞伦盖蒂草原[2]上的羚羊杀光吧?然后再杀光长颈鹿,还有小鹿。或者,不如把嘴闭上,买一块咱们英国本土的牛肉,好好享受一顿周日大餐?记住,每吃一块英国牛肉,你就为我农场上的土地增添了一分活力。

我这些话可能说得有些超前了。说一千道一万,我首先该做的是把牛养起来。

曾有不止一个本地人——他们大多穿着方格衬衫,脸庞沧桑得好似干瘪的核桃——告诉过我,牛比羊好养一千倍,因为牛不会作死。羊活着就为了有朝一日能让栅栏夹掉它们的脑袋。牛可不这样。

不过话说回来,还是有些问题需要注意的。我买了20

---

[1] 此处指布特罗斯·布特罗斯-加利(Boutros Boutros-Ghali),埃及人,1992—1996年任联合国秘书长。
[2] 塞伦盖蒂草原,位于非洲东部肯尼亚和坦桑尼亚,是羚羊、角马、长颈鹿等的天堂,以壮观的动物大迁徙闻名世界。

头牛,但实际上只能算19头,因为其中一头小公牛有一个睾丸没有下降到阴囊里。这表示它没有办法接受阉割,也就意味着它非常容易搞大它妈妈或它姐妹的肚子。

可以说,英国政府的农业政策就是这种乱伦关系的产物。我没开玩笑。英国环境食品和农村事务部最近说,今后农民要多用动物粪肥,好为土壤注入新的活力。可接着环境局又说,农民不能使用动物粪肥来提升土壤活力,以免粪便进入供水系统。

他们允许泰晤士河把成千上万加仑[1]的生活污水排到牛津郡的河流中,却不允许我的牛在农场上任何靠近溪流和泉水的地方拉屎撒尿。这意味着我不得不修建一道两英里长的围栏。想到如今木材比海洛因还贵,一天下来,我老泪纵横。而这泪水中只有区区一小部分是杂酚油熏出来的。

还有一点让我感到十分困惑。在我的认知中,牛可以分为奶牛(cow)、公牛(bull)和小牛(calf)。但实际上却远非如此。因为除了这三种叫法,还有小母牛(heifer)、小公牛(store)、公牛(bullock)、犍牛

---

[1] 1加仑约等于3.8升。

（steer），[1]而它们指的居然都是同一类牛。反正我只知道我养的是一群短角牛。奇怪的是，它们根本没有角。它们个个都很漂亮，身上的毛和卡莱布的头发一个样。

这帮家伙一到农场便立刻开始熟悉周围的环境，就像我们刚到假日酒店时那样。唯一和我们不同的是，它们走到我用电篱笆代替木围栏的地方时，小牛径直从下面走了过去。

于是我们把它们赶回来，可一扭头的工夫它们又跑出去了。它们一直走到旧围栏那里，然后推倒围栏，探索我的狩猎区。等我们再度将其赶到它们应该在的地方，并修好围栏，这时它们发现了饮牛的水槽，只不过水槽坏了。我专门买了台水泵，把水从小溪抽到水槽，免得环境局的人把我送进大牢。可惜设备掉了链子，所以当天剩下的时间里，我们就想方设法修设备。养牛可能确实比养羊容易些，但容易不代表轻松。说实在的，一点都不轻松。

不仅不轻松，连安全都成问题。近来陆续有证据表明，阿斯利康疫苗[2]可能会导致血栓。可接着就有人对我

---

[1] 小母牛指尚未产犊的年轻母牛，小公牛指待育肥的年轻公牛，公牛指未经阉割的公牛，犍牛指阉割过的公牛。
[2] 阿斯利康，全球知名制药公司，总部位于伦敦。此处指阿斯利康研发的新冠肺炎疫苗。

们说，我们被牛搞死的概率要比被疫苗搞死高得多。这听起来真是抚慰人心，可事实上，英国每年会有五个人因牛而死，这个死亡率已经使养牛成为比赛车更危险的行当，而且危险得多。

我的牛到达农场已经有些日子了，可迄今为止我还没有教会它们袭击那些乡间漫步者。实际上，我什么都没有教会。因为它们只会瞪着一双牛眼盯着我，就像一群六岁的小学生看到一个陌生人走进教室。它们既不好奇，也不害怕，甚至毫无兴趣。它们只是盯着。

不过，要不了多久，它们就该盯着那群在它们的粪便中找虫子吃的母鸡，而再然后，它们还有工人要盯。因为我要盖一栋造价10万英镑的牲畜棚，好让牛儿们到了冬天不挨冻。

当然，如果它们能撑到那个时候的话。问题是，獾会传播牛结核病，而我的农场上有成百上千只獾。拜皇后乐队吉他手布莱恩·梅[1]所赐，我无权猎杀那些该死的小

---

1 布莱恩·梅（Brian May），英国著名音乐家，皇后乐队成员。他认为以杀害獾这种野生动物来预防牛结核病的做法收效甚微，完全是滥杀无辜，因此长期投身抗议活动，抵制英国政府的猎獾令。

东西。

这就是英国现代农业的现状。我们那些受人敬重的领导者告诉我们，为了拯救日益贫瘠的土壤，应该养牛。可扭头又有人告诉我，我的牛不能在溪流中撒尿；还有，我应该袖手旁观，让獾随心所欲地把疾病传到牛身上去。

哼，等我的牛真的生了病，政府派行刑队过来的时候，我就跟他们说，我这些牲畜看起来像牛，实际上它们认为自己的身份是羊驼。到时候我就在一旁吃瓜，看他们如何收场。

我要开餐馆

每天早上，趁着煮鸡蛋的工夫，我会翻开《泰晤士报》的讣告版面，看看都有哪些可怜的家伙一早起来打开门，就看见死神拿着把大镰刀不好意思地站在门口。我注意到大部分逝者比我要大15岁左右。于是我的内心感受到了莫大的安慰。

这说明我可能还有15年阳寿。这个时间可不短。我从出生到拿到普通教育证书都花了15年呢。那段岁月漫长得犹如一辈子。

所以我理应还有大把的时间折腾、快活。当然，这也不是绝对的，因为人对时间的感知并非一成不变。

你15岁的时候，15年就是你的一辈子。可当你到了花甲之年时，15年只是你人生的四分之一。显然，于我而言，时间的速度起码是过去的四倍。

而它如今更是一天比一天快，因此要不了多久，它给我的感觉就会像驾驶着星际飞船全速飞向克林贡[1]帝国的

1　克林贡，科幻电影系列《星际迷航》中一个好战的外星种族。

边界。

还有一个问题。我剩下的时间到底要用来干什么呢？争夺跆拳道冠军？投身滑水运动？拉倒吧。我那双膝盖下个楼梯都费劲。我的后背一爬山就自动僵直。我的肺，只是看一眼自行车就感觉像着了火。我要是下水游泳，身上就像背了一辆小汽车。

一想到再也不能玩潜水，或再也不能滑黑道[1]，我就顿感凄凉。也许我永远都看不到第二天的黎明，除非我被尿早早憋醒，摇摇晃晃地起来上厕所。

令人绝望的是，这种情况不可能会好转了。因为不远的将来，囊肿手术、软骨手术乃至髋骨手术都会接踵而至，说不定晚年的我就只能天天坐在摇椅上，费劲巴力地念《读者文摘》[2]上关于杜鹃花的有趣故事。

我这辈子算是走运。我见过阿拉斯加山区的清晨，见过世界各地的日落与黄昏；我歌唱过罗马的荣耀，拜访过

---

1 黑道，难度极高的滑雪道。
2 《读者文摘》(*Reader's Digest*)，美国一本面向大众的家庭杂志，内容涵盖新闻、食谱、体育、幽默等多个领域。1922年创刊，销往全世界70多个国家。1938年开始发行英国版。

猫王的住所。[1]当然，这些事诺迪·霍尔德也干过。但和他不一样的是，我驾驶F-15攻击鹰战斗机翻过跟斗，和纳尔逊·曼德拉一起喝过茶，坐着喷气式快艇一路大呼小叫着穿过金边，我还见过克里斯廷·斯科特·托马斯[2]。

虽说一生忙忙碌碌，可我还没有打算就此撂挑子。我想写的小说还没有动笔。我确实写过小说，但那是玩票性质。至今我还没有特意创作过这样一部作品——充斥着爆炸的场面和有着猪腰子脸的名叫克林特·斯拉斯特[3]的人物。

可现在开始写还有意义吗？写不到一半，我就会患上关节炎，到时候疼得连字都打不了。将来新书上市到各地做宣传的时候，我很可能会像拜登一样站在那里半天说不出一句话，同时连一个人的名字都叫不上来。

我雄心勃勃的旅行计划也是同样的结果。我还没去过津

---

1 这几句话出自英国斯莱德乐队（Slade）的歌曲《遥远的地方》（*Far Far Away*）。诺迪·霍尔德（Noddy Holder）是该乐队主唱。
2 克里斯廷·斯科特·托马斯（Kristin Scott Thomas），英国演员，被英国女王授予女爵士头衔，代表作有《英国病人》等。
3 克林特·斯拉斯特（Clint Thrust），作者常用的一个虚构人名，他常用其指代出现在动作片中的硬汉、超级英雄类男性角色。

巴布韦，说实话我很想去。可那地方万里迢迢，要坐好长时间的飞机，况且我已经见过我心心念念的鬣狗了。因此我很容易产生这样的想法："唉，算了，去趟康沃尔[1]得了。"

这就是人生终幕等着我们的灾难。我们没时间做任何事，不过没关系，毕竟我们的精力和毅力也不多。所以，比利·乔尔[2]自1993年以来就没发过新专辑。好处都让儿孙得了，发它还有什么意义？

话虽如此，可为什么特朗普都75岁了还嚷嚷着要重返白宫？为什么帕特里克·斯图尔特[3]78岁还在演他的皮卡德舰长？为什么吉莉·库珀[4]还在写作？为什么玛丽·贝莉[5]还在烹饪？为什么哈里森·福特[6]还在演琼斯博

---

1 康沃尔，英格兰西南部的一个郡，是英国热门的国内旅游目的地。
2 比利·乔尔（Billy Joel），美国钢琴师、歌手、词曲作者，在英国知名度很高。
3 帕特里克·斯图尔特（Patrick Stewart），生于1940年，英国影视演员，在科幻电影《星际迷航》系列中扮演皮卡德舰长，在超级英雄题材电影《X战警》系列中扮演X教授。
4 吉莉·库珀（Jilly Cooper），生于1937年，英国作家。
5 玛丽·贝莉（Mary Berry），生于1935年，英国知名厨师和烹饪书籍作家。
6 哈里森·福特（Harrison Ford），生于1942年，美国著名演员，代表作有《空军一号》《星球大战》《夺宝奇兵》等，因在《夺宝奇兵》系列中扮演琼斯博士而知名。

士？为什么我，在61岁高龄之际，会考虑开一家餐馆？而我又为什么会认为60岁以上的人都有同样的想法？

眼下的英国正饱受各种物资短缺的困扰。我们没有足够的人手从事生产、采摘和运输等工作。那何不做个卡车司机呢？或者开一家英国公司，收购羽毛，解决床垫短缺难题，好让我们不必再从中国进口？要么在自家后院里搞个集装箱？毕竟，那能有多难呢？

老人家们总喜欢穿着他们的失禁护理裤，整日闲坐，无所事事，抱怨年轻人娇生惯养，应该停止偷懒出去干活。

真是这样吗？我农场上那两个年轻学徒——艾玛·拉杜卡努和卡莱布，他们每天基本在农场待18个小时，这又怎么说？他们不知疲倦的样子就像两只装了金霸王电池的玩具兔子。我们本地村里有个14岁的少年，在他妈妈的厨房案台上鼓捣出了生态狗饼干。还有我的大女儿，她曾经请过一天假。可谁都想不起来那是什么时候的事了。

我每天都能见到许多奋发向上的年轻人。他们激情澎湃，意志坚定，勇往无前，但同样状态的老年人凤毛麟角。这表示有一大批经验丰富的各类人才被生生埋没了。

而我现在正值求贤若渴之际。新餐馆需要的食材应有尽有，可对于如何把它们变成大家乐意送入口中的美味佳肴，我毫无头绪。

所以，不知道我会不会有缘遇到一位懂得餐馆经营的老人家呢？

希望梦想成真吧。我想要一个堆满好吃的派和肉汁的厨房，餐馆的椅子干干净净，音响中放着坏伙伴乐队的歌。当有人提出要用跨性别厕所时，其他所有人会一脸困惑地面面相觑。

那一定很有意思，毕竟没几年好折腾了，我们还能期待什么呢？

圣诞节前新农舍能竣工吗?

作为普通人,我们并不会自己造汽车或做裤子,那为什么人们总是渴望有朝一日能自己盖一栋房子呢?哦,想必你一定看过那部名叫"大设计"[1]的纪录片,里面有对夫妻,除去广告时间也只用了一个小时便创造出了一件闪闪发亮、棱角分明的杰作,花费只有4.75英镑。但经验告诉我,这种事在现实中叫作白日梦。

我差不多十年前就开始了建房计划。我联系了一位受人尊敬的建筑设计师。我们一起研究了几个小时,考虑了各种创意和可能,最终他画出了一幅效果图。结果我的一个朋友看了一眼,便立即给出他的评价:"丑不忍睹!"

奇怪的是,我很喜欢那个设计。设计师也喜欢。好多人看了之后也都说喜欢。

可只要有一个人不喜欢,我就不愿意开工建造。那会让我睡不着觉的。于是我又找了另一位设计师重新设计。

我想要的房子,既要有路易斯安那种植园的低调,又

---

1 《大设计》,一部专门介绍不寻常的建筑构思和房屋项目的英国纪录片。

要有昆兰·特里[1]仿乔治王朝[2]的华丽。设计师出了一份设计方案,我们拿到了建筑许可,但我很快发现那个设计非常讨人厌。

于是我们重新设计了房屋正面,又拿到了建筑许可。可随后我又发觉选址有问题。于是我们申请往西挪了6英尺。终于,差不多两年前,我的房子开工了。

新冠疫情和首次居家令意味着原定在2021年5月的竣工日期只能推迟到7月。然而,接着又发生了别的事情——我已经想不起来是什么——日期再推到8月底。后来改成10月中旬,最近我听说恐怕得等到圣诞节了。

倘若不再变动,这个时间倒也可以接受。但你盖房子的时候可能没有意识到:建筑工人就像一群六岁的小孩儿。他们需要持续不断的监督。如果你放任自流,他们分分钟会生出各种事端。不是掉进池塘就是打翻油漆,或者摔了东西;然后就是没完没了的争吵,你不得不停下手中的工作去给他们当和事佬。

可惜你不会有这个时间,因为盖一栋房子怎么也得花

---

1 昆兰·特里(Quinlan Terry),英国知名建筑设计师。
2 乔治王朝,指英国乔治一世至四世在位时期(1714—1830年)。

上几百万英镑,为此你要干八份工作。所以我一周要写三个报纸专栏,录汽车节目,录农场真人秀,管理农场——虽说这个不挣钱——经营互联网业务,另外还要主持《谁想成为百万富翁》。

但我每天仍尽量挤出两三个小时处理建筑工人们的事情。他们说的话我根本听不懂,每句话里总是掺杂着缩略词和行业术语。而且他们采用的是奇怪的罗马天主教测量系统,而我习惯用英尺和英寸。倘若以我的单位代入他们的数字,我的前门恐怕比埃菲尔铁塔还要高。

我杰出的项目经理詹姆斯说,我请的这些工人都很优秀,虽然他们忘了预定食品柜的门,运到的楼梯短了六英寸[1],铁转轴看着像1974年我上学的时候在金属加工课上自己做的。哦,这还没完。备用卧室的门开错了位置,技术出众的罗马尼亚小伙子回家去了,门厅的墙不够直,石匠和承包商闹翻了,现场经理走人了,石料在霜冻中开裂了,花园围墙垒起来24小时后又倒了,卫生间的木地板

---

1 1英寸约等于2.5厘米。

现在还是一棵树呢。

两年前的詹姆斯还像哈利·波特一样朝气蓬勃。而今，每天上午我仿佛看见迈克尔·富特[1]走进我的家门。我就更糟了，即便一切进展顺利——确实有过这样的时候，比如3月，持续了七分钟——我也有接不完的电话，做不完的决定。

就像我之前写过的，光挑选门把手就花费了我大量的时间和精力：把手的颜色和质地，抓握的手感，材料用黄铜还是不锈钢。而之后我几乎又花费了相同的时间去挑选马桶圈和电灯开关。但那是两年前的事了。现在我对所有问题的回答都是一句话："随便，只要赶紧把房子盖起来就行。"

过去三年，我一直蜗居在堪称全英国最小的乡村小屋里。我站在客厅中央，伸手就能摸到四面的墙。我能一边做饭一边上厕所。一开始只觉得别扭，但现在我实在忍无可忍了。

而更让人抓狂的是，新房子的建设速度死活提不上去。如果原来是龟速的话，那现在几乎降到板块漂移的速度了。

---

[1] 迈克尔·富特（Michael Foot），英国前工党领袖。晚年的富特头发全白，戴着大框眼镜，老态龙钟。

上周我去了卡普里岛几天，回来时我满心期待，指望能看到他们正给我的信箱合页加润滑油，或者在调试电视机。

可实际情况让我大跌眼镜。他们好像在操场上玩了一周的老鹰捉小鸡。虽然我不懂建筑，也理解不了他们的测量系统，但仅凭肉眼我也看得出来，他们根本啥都没干。

问题在于，盖房子本该是一件速度很快的工作。石头压着石头，一层一层垒上去，最后把房顶往上一扣——哪怕是200年高龄的石瓦——有何难哉？

但目前我们仍处在安装照明板和淋浴配件的阶段。这些工作相对复杂精细，也不太容易一眼看出来，进展自然更加缓慢。等他们完工时，我可能已经老得走不动路了。他们得给我装一部仕腾达老年座椅电梯，我才能去卧室睡觉。

经常有人说，自己盖房子是你能做的天底下最令人满足、最温暖也最稀里糊涂的一件事情。

但我可以向你保证，盖房子是一个极其复杂且缓慢的工程。我劝你回头是岸，哪怕买一栋乔治王朝时期的老房子也比自己盖一栋强。

应对气候变化，我自有妙招

有没有人发现一个搞笑的现象,我们大力缩减二氧化碳的排放,却导致了二氧化碳的短缺?你知道这意味着什么吗?食品在运往超市途中无法冷冻或保鲜;屠宰畜禽无法使用二氧化碳致昏法[1];辉瑞公司的疫苗无法存储;外科医生无法给你的肝脏做手术;灭火器无法重新灌装;汽水里面不再有气。

表面上看,这一切似乎是由一家名叫CF实业的美国化肥公司引起的。因为油价不断上涨,该公司关闭了英国两家生产二氧化碳和干冰的化肥厂。但实际上,这是为什么要在世界秩序不受干扰的前提下才能推行绿色能源的又一例证。而要做到世界秩序不受干扰,基本是不可能的。

就在我写下这篇文章的时候,我们大肆吹嘘、引以为豪的风车却纹丝不动,因为没有风。煤电厂根本指望不

---

[1] 二氧化碳致昏法,动物屠宰尤其是生猪屠宰中最先进和人道的方法,可以消除生猪的紧张感,有利于肉质。能源危机以来,英国最大化肥厂停产,导致二氧化碳短缺,英国生猪屠宰业受到很大冲击。

上，它们已经被关得差不多了。而因为生活在水里的某些蝾螈，我们的核电建设项目迟迟不能开工。如此一来，我们只能依赖天然气了。

说到天然气，受俄乌局势影响，乌克兰向欧洲输送天然气的管道被俄罗斯掐断了。而雪上加霜的是，一场火灾事故切断了英法之间的主要电缆。据说一时半会儿是不可能修好的。一方面是因为，眼下的英国不具备任何修复能力——汉默史密斯桥就是活生生的例子；[1]另一方面是因为，我们与澳大利亚签署的潜艇协议激怒了法国，法国正好借此报复。

因此我们将面临一个孤独又寒冷的圣诞节。到时候我们恐怕只能凑合着吃点咸菜；走亲访友是不要奢望了，我们的电动汽车哪里还充得起电啊？

总之，口号喊得震天响很容易。"我们将在2050年之前实现碳中和。"真正做起来却难上加难。因为谁也不知道会面临怎样的问题，也无法预料会出现怎样的后果。我

---

1 汉默史密斯桥，伦敦西部横跨泰晤士河的一座悬索桥，建于1887年。2019年，该桥因基座出现裂缝关闭通行，维修工作进展缓慢，截至本书出版时仍未完成。

是说,当初俄罗斯在索尔兹伯里制造诺维乔克神经毒剂事件[1]的时候,谁会想到两年之后我们连灭火器都无法灌装?谁又会想到我们将不得不喝没有气的可乐?医生很可能无法顺利地完成一次侵入式手术?[2]

我担心情况会越来越糟,因为凯莉·约翰逊和鲍里斯生气勃勃的喉舌正挥舞着他们的生态大棒,准备对农业下手了。

他们已经证实,英国农民排放了全国10%的温室气体。因此他们认为,如果能把这些祸害地球的泥腿子从我们美丽的乡村净化出去,则必定能让英国的环保大业更上一层楼。届时腾出的土地全部卖给俄罗斯寡头,他们会栽上十亿棵针叶树,然后生态疯子们会往这些单一树种的森林中放养狼和熊。

有了这一壮举,再加上禁售燃油车,以及其他一系列令人拍案叫绝的宏伟计划,其中包括利用土壤为每一个家

---

1 此处指英俄双面间谍在英国索尔兹伯里遭遇投毒身亡的事件。英方称其所中毒药为苏联时期研制的神经性毒剂诺维乔克,并采取了一系列针对俄方的措施,包括驱逐外交官。
2 医用二氧化碳主要用于腔镜手术时建立气腹,为术者提供相对宽阔的视野和易于操作的手术环境。

庭供暖这样天马行空的好点子，[1]在2050年之前，英国肯定能兑现碳中和的承诺。真是妙不可言！只是有一点，以后我们吃的粮食要从哪里来？

今天的英国，粮食自给率只有60%。不少人呼吁政府守住这条底线，不要再降了。我估计政府对此必定置若罔闻，因为以眼下的技术生产粮食，只会加剧全球变暖的步伐。犁地翻土会释放热量，拖拉机既是主犯又是帮凶，羊的肚子，牛的嘴，这些都是全球变暖的罪魁祸首。你不服？对不起，凯莉已经说得明明白白，到2050年实现碳中和不仅是政府的优先事项，还是头等大事。

好吧，我们进口粮食。也就是说，我们把全球变暖问题出口到别的国家。我想凯莉在考虑气候变化问题时，应该没有把这个结果考虑在内吧。仅凭北大西洋里一块小石头的热情，是不足以解决气候变化问题的。它是全世界的共同任务。

再者，新冠疫情暴发之初我们就深刻地认识到，当今世界国与国之间的联系和依赖已经达到前所未有的紧密

---

1 英国一家新能源公司提议利用土地种草，生产甲烷气体，从而为家庭供暖。

程度，以至于疫情尚在万里之外，英国的厕纸就已经脱销了。现在我们又发现，变电站上的一个小火花就能让我们喝不上汽水。倘若我们当真指望进口粮食来解决生存问题，那么鬼知道接下来会遇到什么事呢。

20世纪30年代曾有股思潮认为，英国应该集中精力，依托煤炭、钢铁和蒸汽大力发展制造工业，至于粮食，则完全可以从国外进口。结果后来不知从哪儿冒出一群U型潜艇，全国人民差点饿死在岛上。[1]

据估算，今日之英国，倘若粮食供应突然中断，那么不出三天必然天下大乱，到时满大街处处都是暴乱和抢劫。过不了多久，罗伯特·卡莱尔[2]就会试图拿你的胳膊当下酒菜了。

真奇怪。我们有个部门叫国防部，职责是保护大英臣民的安全。我们有航空母舰，有核潜艇，有战斗机、坦

---

[1] U型潜艇，两次世界大战中德国使用的潜艇，其命名通常采用德文Unterseeboot的首字母U与数字的组合。U型潜艇的速度和机动性在当时可谓出色，在海战中极具优势，对英国在内的协约国造成了重大打击。希特勒下令德军潜艇部队对英国实施全面封锁后，英国的物资供应一度陷入困境，粮食储备告急。
[2] 罗伯特·卡莱尔（Robert Carlyle），英国演员，出演电影《猜火车》中的暴力狂，以及电影《恶魔的崛起》中的希特勒。

克、原子弹和成千上万的军人。我们每年花在国防上的钱要以十亿为单位计算，尽管在当今这个时代我们遭受侵略的概率微乎其微。

然而，出现粮食供应危机的概率倒相当高。原因可以有很多。比如，某个来自北方的老人家不愿意和一个巴基斯坦家庭做邻居，结果往常帮我们收蔬菜和水果的采摘工人全被困在了立陶宛。比如，卡车司机紧缺。比如，因为俄罗斯不高兴，咱们关了一批化肥厂。又或者出现集装箱短缺，所有的货轮都堵在苏伊士运河上。暴发疫情。类似的事情只要同时发生两三件，你还想到温彻斯特酒吧惬意地享受一杯冰镇啤酒？做梦吧。那时候哪里还能买得到啤酒啊？

既然我们的粮食供应链如此脆弱不堪，那么政府为什么不能像对待国防部一样使劲往这个问题上砸钱呢？我怀疑是因为政府根本不知道该如何花这些钱。

可喜的是，我倒有个主意。鉴于政府正逐步取消单一农场补贴政策，农民将不再仅仅因为拥有土地就享受政府补贴。据说未来要遵从"公共资金用于公共利益"的方针。然而，对于这句听起来十分高大上的口号，政府并未解释它的深层含义。但我们心知肚明：假如我们饲养小刺猬，并向过路的乡间漫步者免费提供葵花籽，政府就会给我们钱。

不过，在我看来，"公共利益"所指应为"公共安全"，即无论什么导致国家出现危机时，政府都有能力养活全体国民。

当然，农业在应对气候变化的战争中扮演着不可或缺的角色，但这需要在新技术上做出巨大投资。比如，研制能利用电击法除草的机器人拖拉机，从而避免使用农药。研究不需要土壤便能生长的谷物。开发新的供应链，最大限度缩短食品的运输过程。

明智的做法是：取消传统农业补贴办法，代之以创新型补贴；鼓励农民从落后的公用电话亭时代进入智能手机的世界。我们的农业应该更加高效，更加环保；无论将来发生什么，它都应有能力养育生活在这片土地上的人民。

打野鸡

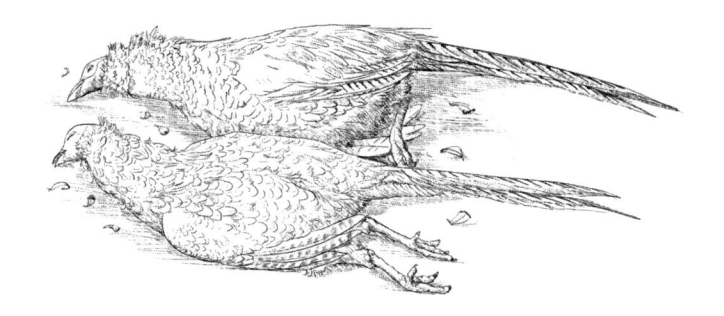

眼下这个季节，正适合聊一聊狩猎这件事。我喜欢狩猎，但我也清楚地知道，全国的素食主义者——包括一部分狂热的肉食者——都一致认为，在当今这个时代，一群喝得醉醺醺的家伙，穿着花呢裤袜，开着路虎车，仅仅出于消遣的目的就在乡间横冲直撞，肆意猎杀上帝的小小生灵，是一件非常让人反感的事情。

我尊重他们的观点。因为倘若我在农场上养了一群小狗，然后把它们从狗窝里赶出去，让它们在田野里四散奔逃，好让我的朋友拿它们练枪取乐，那我理所当然会被送进大牢。对此我毫无怨言。但我用于狩猎的，不是狗，而是农场上养的野鸡和鹧鸪。它们甚至不配被叫作上帝的生灵。它们的智商和一个熨斗不相上下，个性又像极了自由民主党[1]人。

还有，如果你是个肉食者，当你准备好调料，挥舞着

---

[1] 英国的自由民主党成立于1988年，由自由党和短暂存在的社会民主党合并而成，现有成员约10万人，主要为公司经理、职员、企业管理人员、自由职业者和私人创业者。

刀叉准备大快朵颐时，你肯定希望被你吃的动物已经死了。既然如此，那总得有人负责宰杀吧？对此你会怎么说？干这份差使的人务必要闷闷不乐，甚至悲痛欲绝？在屠宰场中不得和同事开任何玩笑？在饮水机旁边不得打情骂俏？

你当然不会如此要求。如果你说屠宰工可以快快乐乐地把牛变成牛肉，那么为何不许我打几只野鸡找点乐子呢？况且说得更准确些，大多数时候我只是朝野鸡待过的地方开枪而已。谢天谢地，我不是以打猎为生。

不过，比我差劲的也大有人在。我曾听过这样一个故事。有一次，一个非常有名的骑师跟人一块儿去打野鸡。我在这里不方便提名道姓，反正他的名字以"皮"开头，以"戈特"结尾。[1]话说，有只野鸡从树林里钻出来，跑到了他面前，他举枪开始瞄准，枪口随着野鸡慢慢移动。当时他的装弹手就站在他旁边，还以为他只是闹着玩，直到野鸡的位置快和一众猎人重合时，他才紧张起来——他们就是一群穿着花呢裤衩的家伙。因为狩猎时，除了向猎物射击，其他任何时候你的枪口都不能对着人。这是规

---

[1] 此处指莱斯特·皮戈特（Lester Piggott），英国传奇骑师和驯马师，在职业生涯中共夺冠4 493次。

矩。

最后,当枪口已经指向人群时,红脸教练不得不出手干预。他问我们这位无名的朋友这是在干什么。结果他听到的回答是:"我在等野鸡站着不动啊。"

这就是打野鸡。它没有想象中那么容易。野鸡不可能站着当活靶子。它们会飞,而且不会像母鸡那样只能飞一人多高——打母鸡会显得不上档次——它们飞得极高,够得着通信卫星,还会在云层里飞进飞出,然后以45英里的时速大叫着冲向你。

打野鸡不能瞄着野鸡打,因为等子弹飞到野鸡的位置时,它早就飞到前边去了。你需要瞄着它的前方开枪。这个前方要足够远。听说二战的时候,高射炮手要想打下一架亨克尔战斗机,得瞄着机头前面一英里的地方打呢。一英里啊!

打野鸡得留多远的距离,这个很难把握。因为你得计算野鸡的飞行速度和风速,还要考虑子弹的下坠量。据说子弹在70码[1]的距离内会下坠大约14英寸。而这些计算你需要在百万分之一秒内完成。有的人用一把杀伤力很弱的

---

[1] 1码约等于0.9米。

20口径猎枪都能做到,真是不可思议。还有些人甚至能精确计算出轨迹,知道打哪里能让野鸡正好落在同伴的头上。以前A.A.吉尔[1]就老想给我整上这么一出。

还好他枪法也很烂。要知道,如果一只野鸡以45英里的时速撞上你的脑袋,你会脑浆迸裂而亡的。有一次,我打下的野鸡砸到了一个朋友的路虎车,结果他的引擎盖上像是坠毁过一架武装直升机。损失相当巨大。

看到这里,或许你会觉得不舒服,因为你发现竟然有人以玩乐之心杀戮鸟类。嗯,没错。有些狩猎活动,名为打猎,实为饮酒作乐。结束之后,把鸟一埋了之。这种做法着实不可取。而我在农场上举行的狩猎,所有的客人和猎手都是带着他们的晚饭回家的。我们打的全是食物啊。除了有一次我无聊至极,枪杀了一条鳟鱼。其死状甚惨,已无法食用。

在室内养大,整天沐浴在人造光中,踩着自己没过膝盖的粪便,这种鸡不算食物。野鸡随时可以飞走,但它们选择留下,因为农场上有吃有喝,还有宜居的窝。它们在

---

[1] A.A.吉尔(Adrian Anthony Gill),英国知名记者,《星期日泰晤士报》评论员,作者的同事和朋友。

这里过得逍遥快活。

除了猎枪，还有没有其他更好的办法杀死野鸡呢？当然，我可以穿上伪装衣，悄无声息地爬到它身边，出其不意地拧断它的脖子，或用棍子敲碎它的脑袋。但那样真的比用枪更慈悲吗？我持保留意见。如果让我来选，我宁可挨枪子儿。

另外，通常情况下，拥有狩猎区的农场主会花更多的工夫管理林地，使鸟类的生活不至于太过安逸。他们会清除有害因素，并在林地边缘留下适合昆虫和其他鸟类栖居的野生地带。

野鸡飞上天之前，你得观察会有哪些鸟类从狩猎区的作物中间飞出去。成百上千只鸣禽。若不是鲁珀特[1]和奈杰尔[2]，这些鸟恐怕既没东西吃，也没地方可以栖身。

今年以后，狩猎获得的动物肉中再也不会有铅弹丸，因为这种弹丸已经被逐步淘汰。我们目前正使用钢制弹丸作为

1　鲁珀特·卡特勒（Rupert Cutler），英国观鸟人、环境学家、环保主义者。
2　奈杰尔·琼斯（Nigel Jones），英国观鸟人、摄影师、英国鸟类罕见鸟种委员会委员。

替代品。我不清楚为什么，估计鸟儿们也不在乎。乌鸦可能比较在意，它们能看出你拿的什么枪，用的什么子弹，因此总是能飞到你的射程之外。而野鸡经历了一代又一代，依然喜欢不顾一切地扑向你。或许它们认为只要锲而不舍地扑下去，说不定有朝一日会出现意想不到的结果——在我身上确实出现了，只要它们扑向我，我通常都打不着。

我知道克里斯·帕卡姆希望禁止猎杀野鸡，但我不敢苟同。我想，如果禁止狩猎，那么土地所有者可能根本不会再花工夫照料他们的土地，众多靠打猎为生的乡下人会因此而失业。

到时候，森林可能会被夷为平地，派上其他更有利可图的用场。在吃的方面，不仅选择会变得更少，健康水准还会下降。

你们尽管想方设法去呼吁禁止狩猎吧，但记住这一点：你们的所作所为，无异于发动一场阶级战争。你们并没有让野鸡过上更好的日子，因为它们现在的日子已经足够幸福。而且，坦白说，你们并不是真的在乎它们的死活。不，实际上，你们所做的是要让鲁珀特那些人的生活更糟糕，在我看来这似乎有点小心眼了……

如何毁掉一台兰博基尼拖拉机？

我人生的第一次撞车表现还不错。当时我从北约克郡的檀山客栈开车去一个名叫凯尔德的村子。走着走着我突然就不在路上了。车子颠簸着冲过一座长满青草的小土丘,又一头扎进一片乱石堆。在这个过程中,我听见我妈那辆奥迪车的两个前轮掉了。

事故发生后,我第一时间确认乘客没有受伤,等爬出来后才发现,车子伤得不轻。开是肯定开不了了,也就是从这儿起,我开始紧张了。瞒是瞒不过去的,虽说我妈对汽车没什么研究,但少了两个前轮她应该能看得出来。然后她肯定会大发雷霆,指责我刚拿驾照不过36个小时就出来撒野,还会骂我是个笨蛋。

我发现一个有趣的现象。按照地球上的计时法,从出车祸到告诉自己的老妈,这中间的空当可能只有30分钟,感觉上却似乎过了四万亿年。所有地质时代挨个过一遍也比这要快些。这时间足够见证一个物种从起源到兴盛,再到灭绝的整个过程。

可与我撞了拖拉机之后坐在原地等待卡莱布赶到现场

的时间相比，它又显得如白驹过隙了。因为他必定会在电话里不停追问我是怎么做到的。52英亩，那么大的一片地上就那么一根电线杆子，我到底是怎么撞上去的？

我不得不承认，这个问题可能问到点子上了。我还不得不承认，我真的连个像样的解释都拿不出来。那天确实有雾，但还没有浓到像牛尾汤的程度。我远远就看见那电线杆子向我靠近，并眼睁睁瞧着它在挡风玻璃上越变越大。然后我就撞上了。

其实这样说不太准确。我没撞电线杆子，拖拉机也没撞，是拖拉机后面挂的那个六米宽的圆盘耙撞上了，时速17千米。事故造成的损坏相当严重，遭殃的不只那根电线杆子——顺便说一句，它上面架的是13 000伏的高压电缆——还有圆盘耙。两根侧翼钢质刀轴几乎完全断裂。问题是这圆盘耙不是我的，而是借的，主人是我一个朋友的叔叔。这表示我得厚着脸皮给他打电话，告诉他我把他两万英镑的圆盘耙给用报废了。刚才我说我得给他打电话，我的意思是让我的土地经纪人开心查理给他打电话。

此外查理还得致电苏格兰和南方电网，告诉对方有台重达13吨的巨型机械撞了他们的电线杆。不过在那之前，我得等待卡莱布的到来。

鸸鹋当着我的面灭绝了。一个全新的物种——带翅膀的鸭嘴兽——诞生又灭亡了。我经历了又一个冰川期和随后的火山活跃期。终于,一辆皮卡颠簸着穿过农场向我驶来,车里有两排因用力而变得白森森的指关节和一张火气冲天的脸。

"你怎么搞的?"车门还没关上他就气呼呼地问。

"不……不知道,先生。"我嘟哝着回答。

"你咋就啥都干不好呢?"他两手叉腰,口气像个老奶奶。

他说的可不是气话。去年我从农场车道往公路上拐,走了几百码才发现车后边挂着我的一整排树篱。还有,往谷仓里倒拖车时,我差点没把谷仓撞塌。哦,我还撞倒过几个垃圾箱和几根门柱。

真邪门儿。开汽车的时候我可没这么差劲。但只要是开拖拉机,我几乎从来没有干了一天活儿却没有撞到任何东西的经历。

我觉得这多半是因为拖拉机实在难开。它颠得厉害,几乎是蹦跳着轧过任何东西。这意味着坐在方向盘前,你要不停地与地心引力做斗争。前一秒钟,你砸向座椅的时候仿佛你重达30英石[1],而后一秒钟,你却像阿波罗13号上的吉姆·洛弗尔[2]一样飘在半空了。

唯一和吉姆·洛弗尔不同的是,你置身于一片林地当中,周围全是树,你的靴子上又没有把你固定在地板上的锚。再说了,他的工作多简单啊,只需在重返大气层的时候调整好角度。那么大一个地球,透过舷窗就能望到,总不至于瞄不准。可像我的兰博基尼这样的拖拉机完全是另一回事。它有两个刹车踏板,四个变速挡杆,两个油门,48个挡位。你得不停地调整、调整,才能免于撞到附近的墙。

对我的拖拉机来说,这可不是一件容易的事。一方面是因为,我的刹车不太灵,不管踩哪个踏板都一样。另一方面是因为,最近几周我一直在用圆盘耙耙地。毕竟如果不耙地,格蕾塔·通贝里会不高兴。简单地说,我这是在生态耕田。只不过我的圆盘耙重四吨多,且它不是拖在后

---

[1] 1英石约等于6.35千克。
[2] 吉姆·洛弗尔(Jim Lovell),美国宇航员,以作为指令长将严重受损而无法登月的阿波罗13号成功带回地球而闻名。

面,而是安装在拖拉机上。因为前轻后重,所以我的两个前轮大多数时候处于悬空状态。虽然我是司机,但这玩意儿算不算是我在开还真不好说。

操控这个九吨重的大怪兽实在太难了。我说的还是后面没有挂上任何农机的情况。它的按钮多到离谱,开着它就像在一架即将坠毁的飞机上玩记忆游戏。当你的屁股不停地以40英里的时速撞击着座椅,而几秒钟前你的脑袋还差点撞穿玻璃天窗时,你可能觉得按错按钮也是情有可原。但不要小看按错一个按钮的后果,鬼知道你会启动什么装置,鬼知道你会在地里留下多大一个疤,而修复这个疤可能要花上一整年。

当你在公路上遇到前方有拖拉机时,你会纳闷儿驾驶室里的那个家伙为什么不往路边靠靠好让你过去。不是他不想靠边,而是因为驾驶那台机器已经让他达到人类能力的极限。反正我是这样。

我就是这么告诉卡莱布的,但他似乎并没有听,而是不住地东张西望,仿佛在寻思什么。终于,经过一段令人冒汗的沉默之后,他说:"你耙这块地干什么?我上周已经耙过了呀。"

我甚至来不及回答，他的声音已经陡然升高了两个八度，而且丝毫没有要降下来的意思。他噼里啪啦说了一大堆，其中好像有"你干农活儿都两年了""总该有些长进吧"之类。然后他骂骂咧咧了一阵子，又说就连三岁小孩儿都分得清耙过的地和没耙过的地，因为"耙过的地是土褐色，没耙过的地是草绿色"。最后他以一句"从今往后你不准开拖拉机"为这段话结了尾。

说完他便大步走回他的皮卡，这时我才第一次注意到它竟然是白色的。奇怪，他平时开的车是黑色的啊。

当天晚些时候——在苏格兰和南方电网说电线杆无须更换之后——我费心打听了一下，原来卡莱布的车送去修理站修了。因为早上从家里的车道出来时，他一边开车一边看手机，结果把车一头撞到了墙上。

大搬家

即使按照我自己那令人眼花缭乱的标准,上一周也是相当忙碌了。我没有认真读过合同细则,所以不知道按照条款我得参加新书以及下一期《大世界之旅》的巡回宣传。

我要上各种节目——乔纳森·罗斯的,克里斯·莫伊尔斯的,佐伊·鲍尔的,史蒂夫·怀特的,[1]以及任何手里拿着或领上夹着麦克风的人的。除了这些事,我的奶牛需要受孕;我和邻居打了一天猎;我到本地书店搞了场签名售书活动。另外,小狗需要打第二针疫苗,车子需要保养,我得给《星期日泰晤士》杂志拍组照片,还要写三个报纸专栏的文章。哦,周三的时候我搬家了。

据弱者和闲人说,一个人能干的压力最大的事情莫过于搬家了,可能死于车祸除外,但我觉得我已经把方方面面都考虑到了。

鉴于新房子按计划要到7月底才完工,我有大把时间

---

1 这几人都是英国脱口秀节目或访谈节目的主持人。作者经常做客类似的节目。

添置东西。我把彼得琼斯[1]逛了个遍，买了一堆可能用得上的厨房和卧室用品。另外，我还光顾过好几个家庭小卖场，去了泰特伯里一个叫作洛福兹的古董店。这家店是两个巨大的飞机库，里面有不计其数我想要的好东西，包括一个八英尺长的某个法国火车站的模型。

我还拜访过本地一名十分出色的动物标本制作师，从他那儿买了一个火炉围栏，上面布满了色彩艳丽的蜂鸟装饰，还有一个凤头麦鸡[2]的填充标本。过去这几个月，我买的东西陆陆续续送到了家里。我把它们整整齐齐地存放在各个谷仓，只等着搬家那个大日子的到来。

然而工人们不够给力，完工的日期一拖再拖，我只能干等着。终于有一天，他们说房子将在10月中旬完工。结果他们的进度再次与截止日期相差十万八千里。于是他们再度向我保证，只要我再给一个月的时间，他们绝对能按时交工。

完工那天是周三，搬家工人来了，结果发现新房子

---

1 彼得琼斯，英国老牌百货公司，创始于1877年。
2 凤头麦鸡，一种具有观赏性的鸟，有鸻科中少见的延长羽冠；又名田凫，广泛分布于欧洲、非洲北部和亚洲。

的楼梯护栏还没装，负责贴壁纸的工人度假去了，细木工和电工无故开了小差。自舒伯特的《未完成交响曲》之后，全世界都很少见这样的"未完成事件"了。但我听人说过，把建筑工人从新房子里赶出去的唯一方法就是搬进去。所以我们就那么干了。

实际操作起来比我预想的要困难些，因为从我们居住了四年的小屋里搬出来的每一样东西，都比生了病的绵羊的屁股还要恶心。我们在一把扶手椅中发现了一只腐烂的老鼠；而其他所有东西上都落了六英寸厚的灰尘；厨房的橱柜后面，一个约克郡布丁烤盘被老鼠煞费苦心地改造成了一套两居室。那老鼠在其中一间里用外卖单给自己打造了一张床，而把另一间当作厕所。它甚至还用锅盖给自己搭了个房顶，让莉萨的猫对它无可奈何。

不过，好在搬家工人很有耐心，把每一样东西都清理干净，放进箱子。这种感觉就像我和我的整个人生重聚一样。我发现了一个搪瓷铭牌，上面写着"杰里米的房间"。那是我小时候挂在卧室门上的。我还找到了我上学时戴过的硬草帽，以及我用来调戏莉萨那只废物猫咪的激光笔；还有许多许多值得怀念的旧衣服，不知在鞋柜后头放了多少年月，肯定已经缩水了。

很快，所有的东西都搬进了新房。接下来就是决定把它们放在哪里。这是一个劳神费力的过程，且几乎每隔15分钟就要被Zoom[1]电话打断一次。一会儿农场节目要拍个镜头，一会儿得去抱着小狗打疫苗，要么就是去应付那些扛着长焦镜头给向来难伺候的邮报在线网站拍照片的笨蛋摄影师们。这边刚回来，那边又有《星期日泰晤士报》的摄影师要我穿上圣诞老人的衣服让他拍照。友情提示：如果你要搬家，这一天就不要安排任何日程了。

终于，所有东西各归其位，更劳神费力的事情来了——拆包。我们先从彼得琼斯百货公司发来的那几个盒子开始。第一个盒子里拆出四套餐刀和餐叉；第二个盒子里又拆出四套。接下来的三个盒子里全是刀叉，直到我的餐具抽屉塞得满满当当。

随后我们发现还有更多的刀叉。此时此刻，几英里外的人恐怕都能听见我内心的困惑——怎么买了这么多？逛百货公司的时候我们是怎么想的，脑子抽了吗？老天爷，

---

1 Zoom，一款视频会议软件。

莉萨怎么也不拦着我？而莉萨站在一旁，双手叉腰，解释说去逛彼得琼斯之前，我们在科尔伯特餐厅吃了一顿时间特别久的午餐。

这或许也可以解释我们为什么买了九张床，而我们的新房子明明只有六个房间。

最离谱的过度消费是杯子。我们竟然买了70个，且每一个上面都贴着几乎不可能撕得下来的标签。我花了整整一个晚上清理这些标签，什么工具都没用，除了一张从头骂到尾的嘴。然后我把杯子放进橱柜。莉萨也没闲着，她把我放好的杯子又拿出来，放进了另一个她喜欢的橱柜里。

为此我们还吵了一架，然后又吵了一架，原因是红酒开瓶器居然没有单独存放，而是随机打包进了某一个箱子。那是我们最早用得上的东西啊。

今天，除了写这篇文章，我大多时候都在琢磨，我那个八英尺长的火车站模型该如何处置。

不过，我真的抽空在厨房中央站了一会儿，心想虽然因为搬家吵了几次架，伤了几根指头，而且新房子还要好几个月才能真正完工，但我觉得这一切都是值得的。因为乔迁新居是大喜事嘛。在新房子里我们一定会幸福快乐的。

大逃亡

上周我的小牛肉（veal）全部逃了出去。这样说好像不太准确。从小牛身上取下来，搭配洋葱和酱汁摆在你的餐盘里，那叫小牛肉。而我那些小奶牛（cow）逃跑的时候还活蹦乱跳，所以严格来说，它们是小牛犊（calve）。我是这么认为的。

英语中牛的叫法实在太多，我到现在还摸不着头脑。我觉得牛就两种，产奶的叫奶牛，产肉的叫肉牛（beef）。但这就好像你参加高中辩论社时说人只分为男人和女人一样政治不正确。

在牛的世界里，有小公牛、小母牛、公牛、犍牛、牛犊。往更复杂些说，每当牛群中有一头来了月经（我能这样说吗？），那么其他所有的牛就都变成了LGBT。它们整天像操作独轮手推车一样互相骑来骑去。

我甚至还有一头年龄最小的小牛正从雄性向其他性别转变。我对此不清楚，但专家说它的睾丸几个月前应该已经被碾碎了，而今却无中生有地冒出一个新睾丸，因此建议我尽快给它做个生殖检查，否则说不定哪天它的某个姐妹就会怀上它的骨肉。

不过，我的首要任务是找到它。不，实际上是找到全部牛。因为我圈养它们的地方，除了栅栏上的一个大缺口，什么都没留下。整个牛群都不见了。一共九头。

牛似乎和狗一样，都喜欢被人挠痒痒。可那四个大牛蹄子足以让任何试图给它挠痒痒的人望而却步。所以牛只能靠自己，它们拿胁腹不停地往栅栏上蹭，直到把栅栏蹭倒。

如此也好，起码我知道它们是从哪里逃出去的。多亏地面泥泞，我一路追踪来到了附近的一处林地。它们曾试图甩掉我，就像《亡命天涯》里的哈里森·福特和《肖申克的救赎》里的蒂姆·罗宾斯。[1]它们故意沿着小溪往下游走，好让我无法追踪它们的气息。但在某个地方，它们又不得不返回岸上。我立刻发现了这条线索。

通过侦察折断的树枝和灌木，我追踪了两百码，直至来到一处獾的洞穴。那足迹径直进了洞里。敢情是我追错

---

1 在电影《亡命天涯》中，演员哈里森·福特饰演一名医生，有较多的追、逃戏份。在电影《肖申克的救赎》中，演员蒂姆·罗宾斯（Tim Robbins）饰演一名蒙冤入狱后通过挖隧道逃出的银行家。

了目标。我在洞口做了标记——完全不知道意义何在——然后折回到小溪边。

这时我接到附近一个农场主的电话,说我的牛跑进了他的一块地里。此人以前做过挤奶工,知道怎么对付牛。他把牛暂时赶进了他的院子,等我去领。"八头牛一起装的话,你有那么大的拖车吗?"他问。

八头?得,还有一头不知去向。我的追踪工作难度陡增。电影《虎豹小霸王》里的巴尔的摩阁下擅长追踪。他仅凭蹄印就能判断马背上是否有人。可我连牛蹄印和獾的脚印都傻傻分不清。所以我凭一己之力绝无可能找到那头离群而去的独行侠。

你可能会想,即便是小奶牛,那也是挺大的目标了。没错,可牛津郡更大。更何况牛能与周围环境融为一体,就像小鹿或狙击手。说不定你都骑到它头上了,却还没有发现它。

我考虑过使用无人机。可我的无人机两年前被改造成了会学狗叫的牧羊机,我发现没用后就把它丢进了垃圾桶。我给附近的其他农场主打电话,看他们能不能帮忙找找,结果他们全都假装不在家。所以我也就用不成他们的直升机了。

那天碰巧我的摄制团队也没有一个人在，因此只有我和莉萨，还有一个本地人。我们该叫他唐纳德，因为那就是他的名字。一个小时后，我和莉萨正在树林里研究每一个足印，看能不能确定一个搜寻的方向，然后唐纳德打电话过来，说他在两英里外找到了那头小牛。

我们开着我的路虎匆匆赶过去，赶到时正好目睹了一个汽车历史上最怪异的追逐场面。唐纳德开着他那辆沙滩车似的全地形小四轮追着那头牛跑得正欢。他把油门踩到了底，那小牛也健步如飞，两只耳朵里居然拖出两条水汽尾迹。

你知道牛的奔跑速度可以达到每小时70英里吗？我也是头一回领教。而且我还不知道牛能跳。不是简单地蹦蹦跳跳，而是凌空跃过一道5英尺高的围墙。我向上帝发誓，如果你让一头牛去参加全国越野障碍赛马，它能把马甩出半英里。

这场高速追逐持续半个小时后，我们已经穿过了从伦敦帕丁顿到赫里福德的高速公路，且靠近德文郡与康沃尔郡的边界。不过那畜生终于累了，乐意跟我们回那位农场主的家，和它的同伴团聚。现在它已经回到农场，又开始在栅栏上蹭它的屁股了。

那头小公牛拒绝让我检查它的蛋蛋。于是我买了一个蹭痒的玩意儿——一根柱子上固定了一些钢丝刷；另外还买了可口的矿物质舔砖[1]，但这些努力全都徒劳无功。它是牛群中唯一的纯爷们，死活不让我靠近。我只能等它的姐姐或妹妹来例假，到时候它就会变成同性恋了。

而另一方面，我的母牛不产奶，原因不清楚。但在某种意义上，这倒让我挺高兴，因为我压根不会挤牛奶。

我原以为养羊比较困难和复杂。诚然，牛不会动不动就寻死觅活，你尽管可以放心参加聚会，不用担心刚吃完虾仁鸡尾酒[2]，便有人打电话说有头牛的脑袋卡在墙洞里了。或许该说是狗洞，免得大家误会成银行的取款机。[3]

但好养不代表省心，它们同样需要关心和照料。你得时时刻刻提防它们跑到公路上去；更可怕的是，它们一不

---

[1] 舔砖，将牛羊所需的营养物质经科学配方加工成块状，供牛羊舔食的一种饲料。
[2] 虾仁鸡尾酒，英国常见的一种餐前冷盘，上菜时装于鸡尾酒酒杯中，本身并不含酒精。
[3] 英国人把自动取款机（ATM）戏称为 hole in the wall，意为墙上的洞。

小心就可能染上牛结核病。由于我们一直在拍纪录片，这个问题解决起来可没那么容易。

不管怎样，到明年的某个时间，部分牛——我不确定是哪些——将被送进屠宰场，变成美味的牛肉后再送进我的新餐馆里作为食材，如果我的餐馆能顺利开业的话。

因为就在我和莉萨像皮特·迪尤尔和本·墨菲[1]一样忙着赶牛时，有28名本地村民向地方议会发出了抗议书。但愿议会能认识到，这表明村子里有800人并不反对我开餐馆。试问谁会不喜欢精心饲养且吃草长大的本地牛的肉呢？况且有人替他们照看着乡下，他们也乐享其成。

---

1 皮特·迪尤尔（Pete Duel）和本·墨菲（Ben Murphy）都是美国演员，合作出演过一些西部牛仔片，如《化名史密斯和琼斯》。

自产啤酒

取消农业补贴已经是板上钉钉的事情。既然如此，全国的拖拉机手们都该未雨绸缪，另寻生路了。所以我决定把我的一大片土地变成啤酒。没错，我已经投资了一个啤酒厂。

有必要解释一下，我要酿造的可不是我习惯称之为"詹姆斯·梅啤酒"的那一种。也不是真艾运动[1]会支持的那种，因为它的颜色不会是褐色，里面也没有小树枝和泥土。喝那种玩意儿就像喝一张肉馅饼。我要酿的是拉格啤酒[2]。

首先要解决的是名字的问题。我想给它取名为"麦拉格脸拉格"（Lager McLagerface），简称"拉脸"（McFace）啤酒。但我的一个合伙人是伦敦的资深广告

---

[1] 真艾运动（Campaign for Real Ale，简称CAMRA），又称"真麦酒运动"或"争取散装啤酒运动"。该组织的目标是抵制工业化酿造啤酒的商业行为，倡导为啤酒消费者供应传统工艺酿造、风味纯正的艾尔啤酒，即麦芽酒。
[2] 拉格啤酒，拉格（lager）一词源于德语中的lagern，意为窖藏，特点是味淡、泡沫多，所以有人直接称其为淡啤。它与艾尔（麦芽）啤酒并称为世界上最主流的两种啤酒。

人,他说这名字不够高端大气。他想要的是四味巧克力广告中男主跳伞进入城堡的感觉,[1]而不是贝格比和一堆模棱两可的白东西。[2]

最终我们决定将这款啤酒命名为"鹰石"(Hawkstone),因为在科茨沃尔德有一处新石器时代的巨石柱就叫这个名字。况且4 000年前的新石器时代也正是人类驯化大麦的时期。奇怪的是,那个时候的人类只拿大麦当食物。

他们还没有认识到这种东西可以转化成一种酒精饮料,所以我估计他们的夜生活没有酒醉这一说,只能用倒放石头的方式找点乐子。然而,在炎热的夏季,当我们坐

---

[1] 四味巧克力是英国经典老牌巧克力,该品牌在20世纪70到90年代的广告流传很广。其套路大体相同:一名英俊硬朗的男子穿越重重险阻,比如跳入有鲨鱼的水中,驾车冲过正在垮塌的大桥,藏身于飞机起落架并从高空跳海,只为将一盒四味巧克力悄悄送给一位女士。在该品牌的一则广告中,男主驾驶直升机在森林上空飞行,直升机突然被闪电击中,即将坠落。林间城堡中的女子闻声而出,却只见一个巨大的白色降落伞下,正放着一盒四味巧克力和一张卡片,卡片上是一个男子帅气的黑色剪影,而男主则早已不见。

[2] 贝格比是英国经典影片《猜火车》中的人物,是个暴力狂,由罗伯特·卡莱尔饰演。该句中的白东西,原文为mega mega white thing,是《猜火车》的片尾曲《天生狡猾》(*Born Slippy*)中一句重复了很多次的歌词。由于该曲歌词偏意识流,其内涵众说纷纭,有人说白东西指的是一条白色的灵缇犬,有人说指的是海洛因,此处不作深入讨论。总之,作者意在借指某些危险、邪恶的东西。

在花园里想喝一杯冰爽提神的拉格啤酒时，他们却是我们最该感谢的人。

可接下来，就在我们沾沾自喜起了个好名字时，我的土地经纪人开心查理带着他起草的农场今年的作物种植计划书来了。计划书中有三种小麦、两种油菜，此外还有蓝蓟、土豆，养牛的牧场以及部分冬大麦。但计划书中连春大麦的影子都没看到。我不理解啤酒为什么只能用3月而非9月种植的大麦酿造，可实际情况就是如此。而查理漏掉了。

"你漏了春大麦。"我说。

"我知道，"他回答，"反正你种了也是白种，所以我觉得咱们还是别费那工夫了。"

我相当无语，不觉拉长了一张苦脸，并解释说我刚刚投资了一个啤酒厂，将来要用大麦，而且我们连名字都想好了，等等。"哦。"查理轻轻翻了个白眼，开始拿额头有节奏地撞起桌子。

原来春大麦特别难伺候。天气太冷太热太湿太干，它都不会好好生长。况且，它真的不喜欢我的农场上这种松散的土质。可以说，春季种大麦就等于冒险。另外，大麦就像一个体弱多病的孩子，对各种疾病的抵抗力都很弱。如果最终打下的大麦含氮量过高，会被粮商拒收，那就只能拿去做动物饲料。所以你辛辛苦苦伺候了它们一个夏天，结果到头来只卖出了3便士的价格，多亏得慌。

去年算我走运。大麦长得不是特别高，播种时又漏了大量的白地。但我赶上了一个好价钱，205英镑一吨。至少一开始我是觉得赚了，直到后来我发现啤酒厂的收购价格是一吨580英镑。

也就是说，我冒了所有的风险，付出了所有的辛劳，卖的价钱还不到啤酒厂收购价的一半，而啤酒厂多给的这一半，只是因为多了把大麦加湿令其发芽，然后再加热把它们闷死的工序。周边的农场主们都义愤填膺，我们开会讨论成立一个联营性质的酿酒公司。找厂房应该不难，几乎每个村都有麦芽作坊。

但彼一时，此一时，眼下我农场上的所有人都憋着一股劲儿，等着明年好好种一季春大麦呢。甚至连查理也不例外。今天上午跟他说起这件事时，他还说："哦，上帝啊。"

接下来的一个大问题是拉格啤酒的配方。我才知道啤酒原来只有四种配料——大麦麦芽、啤酒花、酵母和水——但搭配的比例非常微妙，一不留神就会出问题。个中详情，看看百威啤酒就知道了。

第一项任务是确定合适的酒精含量。我请教25岁的儿子，他说他喜欢酒精含量高一点，因为他兜里钱不多，所以希望花尽量少的钱就能过过酒瘾。我又问了帮我垒石墙的石垛工兼保安队队长杰拉德。他说每次去酒吧之前他都会先洗个澡，换上光鲜的衣服，要是一杯就把他放倒，那做这么多就太不值了。他想和朋友们把酒言欢，想在喝完一加仑后还能像个没事儿人一样。所以他希望酒精含量越低越好。"嗯嗯，最好千杯不醉。"他说。

这就难办了。我们该以哪类人为目标顾客呢？杰拉德还是我儿子？我们决定两者兼顾，就把酒精含量定在了不高不低的4.8%。这个数字我听着蛮舒服。4.8升排量，V8发动机，这样的车子谁都想来一辆。

庆幸的是，啤酒厂的老板里克和埃玛完全可以满足这样的要求。里克是搞技术的，因为他穿着白色高筒靴，发型狂野，看上去就像是他自己理的一样。他老婆埃玛负责打理生意。现在有了我的加盟，接下来肯定万事亨通。

开局不算太顺。夏天的时候我们搞了一次样酒盲品，结果大家一致认为我们新研制的拉格啤酒远远不如里克和埃玛原来生产了几年的啤酒好喝。于是里克回到满是试管和储罐的实验室重新开始。不是我吹，现在的啤酒口感真是棒极了。

所以，配方定下来了，名字取好了，种大麦的地有了着落，我们还想好了如何跳过中间商以节约成本。我们甚至打算好了将来把货拿到莉萨的商店以及杰夫·贝佐斯的网站去卖。我那从事广告业的朋友还说他在伦敦认识一些人，他们可能愿意从我们这儿进货。

现在万事俱备，只差一则电视广告了。我把这差事揽了下来，随后便预约摄制团队，给鹰石所在地的农场主打电话，写好脚本。然而今天上午我收到消息，有律师说我不能使用"开始一天的辛苦工作之前，你最需要的就是一杯鹰石啤酒"这样的广告词，而且也不能喝了一大口啤酒，然后对着镜头说："真他妈好喝！"

这就是农民们面对的问题。政府说我们需要多样化经营，可当我们真的开始拓展业务，打算把自己种的大麦酿成啤酒时，法律却要求我们必须得一本正经地告诫消费者：拉格虽好，可不要贪杯哟。

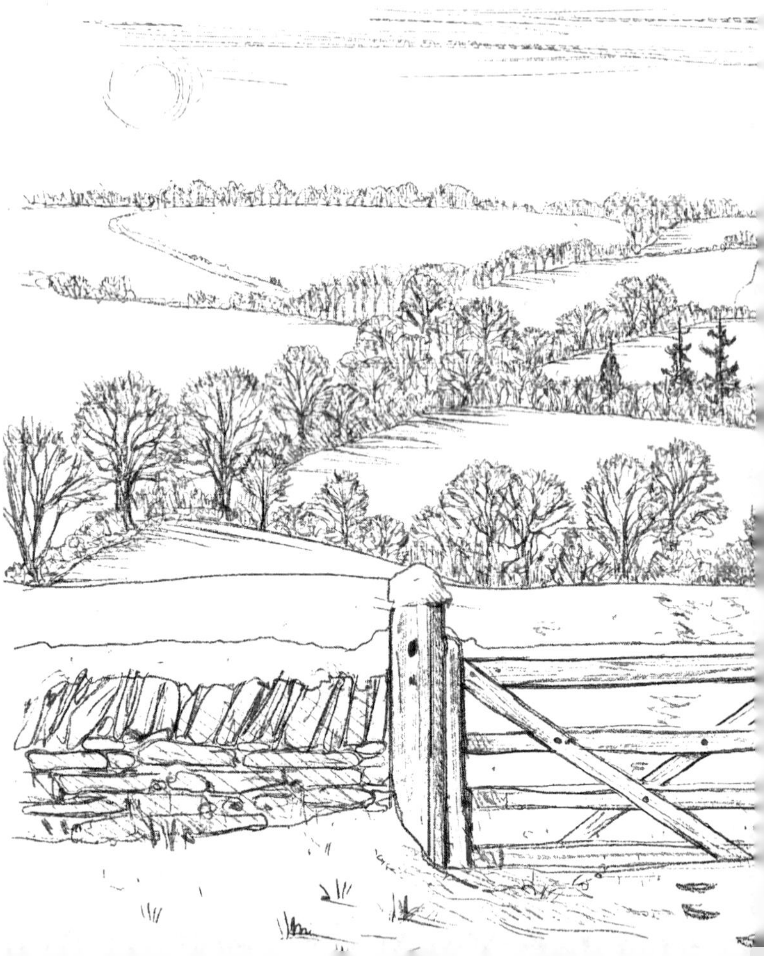

冬

在农场过圣诞

在农场过圣诞。你可以想象那个画面。自家养的大鹅，在烛光下油光发亮，热气腾腾。菜园里挖的土豆撂起来，地里摘的各种蔬菜涂满黄油。孩子们小脸红扑扑的，快乐地玩着你用林子里的木头刻成的玩具。吃过太妃布丁，拖着平底雪橇到雪地里释放过剩的精力，直到再也受不了暗淡的阳光，瑟瑟发抖地返回屋里，倒上一杯雪莉酒，一家人围炉而坐，打打闹闹，玩你来比画我来猜游戏时故意用比画《巴尔萨泽B的恶意祝福》[1]这样的变态题目刁难彼此。这是多么优美的田园诗。如果是比画《瑞典视角下的凡尔赛宫》[2]，那就更完美了。

可惜在我的农场上，这样的场景并不会出现在圣诞节。那一天和其他任何日子并没什么不同，除了更多的泥土。两年前我刚刚变成一个手上长满茧子的老农民时，我

---

1 《巴尔萨泽B的恶意祝福》，爱尔兰裔美国作家J.P.唐利维（J.P. Donleavy）的长篇小说，主要讲述主人公从出生到二十多岁的流浪经历，于1968年出版。
2 《瑞典视角下的凡尔赛宫》，一本记载瑞典建筑师在凡尔赛宫建设期间所见所闻的书，内容以手绘插图为主，于1988年出版。

以为冬季会好过些。绵羊怀了羊羔,奶牛待在牛棚里,地里的庄稼自然生长,母鸡无所事事,站着等狐狸来抓,獾在地里散播着结核病毒,而我会拿着政府的巨额补贴,到法国的伊泽尔谷尽情享受有钱人的生活。

理想有多丰满,现实就有多骨感。部分原因是,如今政府补贴支票上的数额甚至比二战前邮政汇票上的数额还要小,据说仍有下降空间。另一个原因是,冬季你冒着严寒、冻雨和泥泞出去干的那些你不乐意干的活儿,其实都是8月你在等待庄稼干燥时该排却没排的雷。

大多数时候,这包括检查破损的围栏和大门,并呆呆地站在原地期待它们能自我修复。要是它们能自我修复倒见鬼了,所以我不得不自己来。令人惊讶的是,那竟是我欠缺的技能。虽然我总说,一把锤子,除了治不好小孩子的近视眼,其他什么都能治,但我始终无法理解人们是如何用锤子把钉子砸进木头的。

砸钉子的时候,我的第一锤通常能偏到姥姥家,导致钉子被砸弯。于是我想,假如我以同样的力道砸钉子的另一侧,说不定能把弯曲的钉子重新砸直。但这个方法向来不灵,钉子只会越砸越弯,直到最后不得不把它躺着砸进木头，然后我再拿一个新的钉子，继续把它砸弯。

很快我就会忘记要集中精神，把锤子生生砸在大拇指上。不过没关系，冬天的农场寒冷彻骨，你就算把骨头砸断也未必能感觉到。我就听说过有农民不小心切掉了自己的右胳膊却没有察觉，直到爬上拖拉机准备回家时，才发现找不着挂挡的手了。

等你把手上的大部分骨头都砸过一遍，并砸弯了整整两袋钉子后，你终于成功把一个钉子砸进了一根栅栏柱，然后你得再拿一根栅栏柱，用那同一个钉子把它们连在一起。你以为它们会乖乖就范？不。实际情况是第二根柱子当场裂开。这时一个本地人从附近经过，一语点醒了我："你那钉子太大了。"

去年往一根栽在地里的栅栏柱上钉栅条时，我彻底被锤子惹毛了，然后把那根栅栏柱从地里砸了出来。老实说，我真想跪在地上大哭一场。那种干啥啥不行的感觉实在太令人懊恼了。真的。

你肯定会想，圣诞节那天应该不用再去修门或栅栏了吧？想得挺美。我那群不省心的羊可不在乎耶稣要不要过生日。它们一年到头只想着怎么逃出去死掉。还有我的牛，它们可真喜欢撞围栏啊。

11月的一个周末，我喝了不少酒，又在苏格兰那边熬了夜，所以回来的时候精疲力尽。我是周日晚上十点半左右上床睡觉的，结果凌晨两点被手机上的报警系统惊醒，系统提醒我鸡舍的自动门开了。我花了一个小时才把问题解决，重新上床已是凌晨四点。可两个小时后我又被一个邻居叫醒，说我的牛又撞开了围栏，已经在A361公路上溜达两英里了。上帝，谁敢保证圣诞节那天不会发生类似的事情呢？

看看电影《侏罗纪公园》吧，为了让恐龙老老实实待在控制区，爱登堡在外层围栏上布置了造价上万亿的安全系统，所有的围栏柱子上都有醒目的黄色闪灯。可结果怎么样我们都知道。躲到厕所里的马丁·费雷罗还是被恐龙吃掉了。[1]

为了防止农场上发生类似的事件，我给我的牛买了许多用来分散注意力的礼物。其中有个800英镑的蹭痒

1　理查德·爱登堡（Richard Attenborough）和马丁·费雷罗（Martin Ferrero）都是演员，前者在《侏罗纪公园》中扮演公园创始人约翰·哈蒙德，后者扮演反派律师唐纳德。

神器，样子看上去就像一根倒栽的洗车滚筒，牛可以在上面蹭痒痒，省得它们老去折腾围栏柱子。另外，还有两个零食足球，我每天早上会在球里面装满坚果和青贮饲料[1]。可这些全不管用，因为动物理解不了礼物的用途。它们看着这些奇怪的玩意儿，头也不回地走向围栏。我知道，圣诞节那天的情况十有八九跟这一样。哪怕我给它们买回来新裤子和最新发布的《使命召唤》游戏，它们也照样会逃出去，跑到附近的村子里，吃光当地哈米什家族的抱子甘蓝。

即便它们不逃，我也得给牛添草料，给猪喂土豆，给鸡撒把谷子，还要赶一赶野鸡，遛一遛小狗，喂喂鳟鱼，帮绵羊清理一下蝇蛆。冒着严寒和冷雨干完这些，我早累得找不着北了。我会一头栽在莉萨准备的圣诞大餐上呼呼大睡。当然，所谓大餐，就是当天上午她从冰箱里找到什么算什么。通常是羊肉，羊是我们自己养的。吃这东西容易烧心反胃。看见了吧，那些混蛋下地狱了还不放过我呢。

---

1 青贮饲料，饲料的一种，用含水多的植物性饲料经密封、发酵后制成，常用于饲喂反刍动物。

也可能出现比这更糟的情况——比如我的圣诞节和你的一样。平安夜，你会在酒吧喝到半夜，凌晨1点45分回到家。而15分钟后，你的一个孩子因为吃光了圣诞老人送的糖果，趴在你身上吐了起来。早晨，家里闹得不可开交，孩子们在争吵中恣意毁掉了他们的礼物。你拆开自己的礼物，发现没有一个称心如意。然后你得给孩子们做上几十斤他们根本不喜欢吃的圣诞大餐。吃完饭你想坐下来消消食，却还得陪孩子们看一部关于后脑勺上有个黑桃的水獭的儿童片。

杰里米的圣诞节礼物清单

给莉萨的：一尊雕塑。去年我歪打正着地给她买了一尊尼克·菲迪安-格林[1]的马头雕塑。

给卡莱布的：我知道他想要一台芬特拖拉机，所以我打算送他一台英国产的芬特拖拉机……模型。

---

[1] 尼克·菲迪安-格林（Nic Fiddian-Green），英国著名雕塑家，以大型马头雕塑闻名。

给杰拉德的：他想要个气动的防风草什么的，[1]但网上没搜到。

希望收到的：肯·迈尔斯[2]那辆福特GT40 P/1015超级跑车。

莉萨

我经常开玩笑说我需要度个假才能从节日季的忙乱中恢复过来，但今年我不开玩笑了。我莫名其妙地就肩负起了经营农场商店的工作。这差事，别提有多忙了。12月间，我们自己农场上的产品以及附近其他农场寄卖的产品被一扫而光。诚然，我们店里货架不多，架子也不大，但只要一补货，立马又清空了。我们是小生意，就像汽车后备箱义卖的无车版。慕名而来的人们期待看到宏伟气派的大商场，结果发现只是个寒酸的小棚子。不过大部分顾客

---

1 防风草，又名欧洲萝卜，一种常见于欧洲的蔬菜。杰拉德指杰拉德·库珀（Gerald Cooper），在作者的农场负责安全相关事务，他浓重又含糊的口音常常令人费解，作者总是听不懂他在说什么，这里显然也是如此。
2 肯·迈尔斯（Ken Miles），英国赛车工程师和车手，福特GT40的研发者和赛车手。

的心情还是愉快的,哪怕他们的汽车需要拖拉机帮忙,才能从临时充作停车场的泥地中开出去。

我们有大量的幕后工作要做。小饰品需要系丝带,糖果也要系丝带。实际上,几乎所有东西都要系丝带。我和商店的员工们只能见缝插针地在本地供货方的送货车到达时帮忙卸货,有顾客来时我们接待顾客,而其他一切时间我们都在忙着系丝带。现在我们大概能体会到为圣诞老人打工的那帮小精灵的感受了。

我推断,喜欢看《克拉克森的农场》这个节目的人,多半不会排斥农场主题的礼物。比如,杰里米(他是点子王)从格温尼丝·帕特洛[1]的"这闻起来像我的私处"香氛蜡烛得到启发,推出了他的"体臭"系列蜡烛。我说系列,其实就两款。一款我称之为"闻起来像我的公牛"(实际名称我难以启齿,跟我们农场上的动物也不沾边儿),[2] 是我们礼品当中最畅销的。不过第二款"闻起来像

---

[1] 格温尼丝·帕特洛(Gwyneth Paltrow),美国演员,扮演科幻电影《钢铁侠》中的佩珀·波茨一角。她曾与某公司合作研制一款香氛蜡烛,取名"这闻起来像我的私处",此事一度成为当年的热点话题。
[2] 这款蜡烛名称的英文原文为 Smells Like My Bullocks,bullock 除有"公牛"的意思外,在俚语中也指睾丸。

我的圣诞球"[1]蜡烛一上架就打败了第一款,成为销量冠军。对了,不要被这些乱七八糟的名字误导,这些蜡烛的香气非常怡人。我们还卖牛乳汁(牛奶)、蜂汁(蜂蜜)、奶酪、酸辣酱、果酱、茶巾、旅行杯和砧板等。

和圣诞节有关的一切我都喜欢。但据说在农场上,圣诞节和其他日子并不会有什么不同,因为我们有牲畜要照料。那29头奶牛刚来农场时,我们兴奋极了。因为它们看起来那么敦厚老实,不像我们那群好似胡迪尼[2]附体的羊。问题是,杰里米和卡莱布本该建一个结实的牛棚,可他们只是围了一道弱不禁风的围栏就算完事儿,一天到晚就知道拖拉机长拖拉机短的。结果我们的牛很快发现了漏洞,经常推倒围栏出去野。这个坏习惯一旦形成便不可收拾。如今它们喜欢光顾隔壁农场已经到了上瘾的地步。

有天早上,六点之前我们便出了门,花了三个小时才把这群畜生赶回来。那就像一次别样的晨练,又像跑了

---

1 圣诞球,西方人圣诞节时常用来装饰圣诞树的彩色小球。这款蜡烛名称的英文原文为Smells Like My Christmas Balls,ball除有"球"的意思外,在俚语中也指睾丸。
2 哈里·胡迪尼(Harry Houdini),美国著名魔术师、遁术师,擅长表演从各种镣铐和容器中脱身。

半个马拉松，对减肥绝对有好处，起码有助于让肌肉变得更加强壮和结实。我跑得比杰里米快，因此我领头。我们最终把牛群赶进了围栏，杰里米让我回去开车。这时我才发现外套的口袋被剐破了，很可能是穿过一片荆豆丛的时候剐的，而我的车钥匙已经没了踪影。我沿着足迹原路返回，果真在爬过的树篱缺口处找到了钥匙。这真是活生生的圣诞奇迹。之后我特意停下来感受、沉思。科茨沃尔德这一带的景色多美啊。冬季的乡村晨雾迷蒙，朝阳冉冉升起，点亮其绵延的轮廓，仿佛出自一位大师的手笔。

可一回到家，这美便消失了。我们有两只红狐拉布拉多犬，分别叫艾莉亚和珊莎——杰里米是《权力的游戏》的粉丝。[1]我们着急忙慌去追牛的时候，不知道谁忘了关杂物间的门，结果两条狗跑进了屋里。杰里米自然要怪到我头上，因为那两个小东西在厨房、门厅和楼梯上拉得遍地都是。还好到卧室之前它们已经清空了肠子。这又是一个圣诞奇迹。

---

1 艾莉亚和珊莎都是知名美剧《权力的游戏》中的主要角色，皆由英国演员饰演。

如果平安夜真像克莱门特·克拉克·穆尔[1]的诗中描述的那样就好了。"那是平安夜,屋子里静悄悄,一点儿声音都没有,连老鼠的动静都听不到。"怎么会呢?即使我们没有被逃跑的牛或小狗惊醒,也会被杰里米的报警系统吵醒。最近他在鸡舍装了警报器,为的是防止狐狸夜间来捣乱。我们曾一夜之间损失了36只下蛋鸡。这事已经成了他的执念。狐狸探测器连接着他的手机,只要听到报警,他就悄悄拿上他的猎枪,像《美国狙击手》里的布莱德利·库珀[2]一样,打死那些狡猾的入侵者。这当然没什么用。警报器只要遇到天冷、刮风、潮湿,或者它就是想要出点幺蛾子,就会失灵。每当我查看手机,屏幕上总是一片模糊,鸡舍里安安静静,所有的鸡都在睡大觉。杰里米不放心,非要亲自去看看,于是我便假装睡着,耳朵却听着他摸索他的眼镜——一点儿也不知道要轻手轻脚,接着又撞翻水杯洒在他放在床边的书上,然后就是他的骂骂

---

[1] 克莱门特·克拉克·穆尔(Clement Clarke Moore),美国作家,下文所引用的诗句出自他为孩子们写的《圣诞老人来了》(*A Visit from St. Nicholas*)。这首诗在英美流传甚广。
[2] 布莱德利·库珀(Bradley Cooper),美国演员、制片人,电影《美国狙击手》的主演,他在其中饰演一名优秀的狙击手。

咧咧。鸡舍里要真有狐狸，这工夫恐怕已经逃出牛津郡，正在那里得意地笑呢。

圣诞老人的小精灵们有工会吗？如果没有，我倒乐意为全国上下所有在圣诞节里依旧忙碌的劳动者们组建一个。我甚至连农场商店用的T恤都想好了，上面印着"国民精灵"。我希望它能卖得过杰里米的圣诞球。

莉萨的圣诞节礼物清单

给杰里米的：可以和车钥匙以及家里钥匙连在一起的定位器。他经常忘记把钥匙放在哪里，找钥匙浪费了我们宝贵的生命。

希望收到的：一棵雪松。

功夫奶牛

冬天的时候，蚂蚁、獾、风筝似乎都能很好地适应户外，可我不明白为什么牛偏偏需要待在室内。这意味着我还要给它们专门盖个牛棚。

对此，我倒充满期待，想象着自己和哈里森·福特以及一众村民站在梯子上干活儿，时不时停下来喝一杯凯莉·麦吉利斯鲜榨的柠檬汁。那场景真是既健康又快乐。[1]

不过，最后我把这活儿包给了一个名叫富勒与吉尔伯特的建筑公司，老板叫李。他的上臂比我的大腿还粗。而且他似乎从来不需要睡觉。每天我还没起床他就已经开工了，夜里我都睡了他还在忙活。所以整个工程只用了短短五周就完工了。

17.5万英镑的造价，不算便宜，主要因为用料全是木材、钢和混凝土。而因为伦敦那个好像从狄更斯小说里跑出来的愚蠢的重大交通工程——说是从伦敦通到北边什么

---

1 作者想象的这一画面出自哈里森·福特和凯莉·麦吉利斯（Kelly McGillis）主演的电影《证人》。

地方的[1]——这些建筑用料变得格外稀缺和昂贵。它们的价格甚至超过了黄金、乳香和没药。[2]

尽管如此，12月初，李宣布了完工的消息。我的牛终于可以从露天的牛圈搬进它们的新宫殿了。不过，首要工作是在牛棚的地面铺一层干草。有一种专门为这项工作设计的机器，可惜我没有，所以只能自己动手，用一把叫作"草叉"的工具将成捆的干草均匀散开。那玩意儿是比铁轨还原始的工具。我干了整整两个小时，累得腰酸背痛。

接着，我像用栅门玩俄罗斯方块一样在牛棚里隔出了两个分区——肉牛区和小牛区。不能混养，免得它们夜里乱搞。不然我就得像电影《化名史密斯和琼斯》里的本·墨菲与皮特·迪尤尔一样冲进牧场。[3]

---

1 此处指英国高速铁路2号（High Speed 2，简称HS2）项目，这是英国最重要的交通升级项目之一。该线路将连接英国的东北部与西南部，总长度约230千米，预计于2029—2033年完工。
2 据《圣经》，黄金、乳香和没药是东方三哲带给初生基督的礼物。乳香和没药都是树脂，具有特殊香气，在西方常被用于制作香水、药物以及宗教场合的焚香。由于产地远在索马里半岛、埃塞俄比亚等地且产量有限，需经长途贸易方能获得，乳香和没药在欧洲价比黄金。
3 在这部西部牛仔片中，本·墨菲和皮特·迪尤尔扮演19世纪末的一对黑帮头目，他们突袭火车、抢劫银行，一个狡猾善辩，一个枪法了得。片中有大量动作戏场面。

但我立刻便遇到了一个棘手的难题：牛群死活不肯从曾经架设电篱笆的地方通过。然而电篱笆已经不在了，我当着它们的面拆的。可它们的立场十分坚定。我正发愁的时候，风暴"芭拉"来了。

《每日邮报》已经连续数日用最醒目的标题和最歇斯底里的措辞发布预警。他们说此次风暴会将数百万人埋葬在冰封的地狱，把一切夷为平地。他们终于靠谱了一次。

雨来了，雨点大，雨势疾，伴随大风，打在人身上会疼。雨夹雪。雨夹冰雹。片刻工夫我便浑身湿透，只觉得后背有条冰河倾泻而下，冲进我的腚沟，顷刻间便灌满了我的两只长筒雨靴。就算掉进海里，我恐怕也不会比这湿得更透了。

不仅湿，而且冷。温度计显示气温只有1摄氏度，可因为阵风时速为80英里，给人的感觉就冷得多。风实在太大了，下个月我家的垃圾桶恐怕不得不去上速度意识课程[1]呢。风暴的破坏力很难用语言形容，反正我浑身上下

---

[1] 在英国等部分国家，超速行驶者通常要接受扣分罚款的处罚，但如果选择去上速度意识课程（speed awareness course）则可以免于处罚，前提是此前三年内不曾上过该课程，且警方认为对于此次超速行为这样的处理是合适的。

的每一个细胞都想回到屋里去,熬一锅保卫尔牌牛肉汁,然后在热浴缸里泡上一个小时。

可由于电篱笆已经拆了,倘若那群牛不小心吃了豹子胆,不顾风暴硬是往外跑,那我还得浪费半天时间去找它们。所以我不敢懈怠。哪怕天气恶劣,我也必须得把它们赶到牧场一头的大门,让它们从那里沿着一条特定的通道进入牛棚。

我本来就没抱多大希望,结果也确实证明我有先见之明。我用塑料袋装了满满一袋牛饲料,并故意制造很大的动静,好让这些畜生知道有好吃的。可它们毕竟低头就能找到吃的,对我手里的零食根本不屑一顾。倒是其中一头跃跃欲试,总想置我于死地。

都说牛不会向后踢,但我可以做证,此话简直大谬。牛能朝任何方向踢,360度无死角地踢。它们神乎其技的腿功可以媲美李小龙,不仅更加致命,还有一股子不达目的誓不罢休的狠劲儿。这头牛试图踢我但没有踢中,它随即把头伸到我两腿之间,而后潇洒地抬起。

这一招真是防不胜防。我被顶成了斗鸡眼,捂着裤裆跪倒在泥地上,同时又要努力推开那头畜生。但怎么可能呢？这就像试图推开威斯敏斯特教堂一样。

我想这是我经营农场以来最最倒霉的时刻了——风暴中捂着几乎碎掉的蛋蛋跪在泥里被一头牛欺负。受这么大委屈，却只是想为我很可能开不成的餐馆预备点牛肉。唉，谁能比我惨？

庆幸的是，袭击我的那头牛最后莫名其妙地决定留我一命。就在我一脸蒙的时候，它却淡定地穿过大门，走上了通往牛棚的路。其他牛迅速跟了上去。此时此刻，我一点也不像皮特·迪尤尔或本·墨菲。但至少牛群听话了。

五分钟后，全部的牛都入住了它们豪华的新家，津津有味地吃起我已经装在黑色塑料袋里，为它们腌制了四个月的美味青贮饲料。

只有一头例外。它扫了一眼田园诗般的新环境，觉得还是住在外面称心些，哪怕泥泞堆到腋窝，哪怕眼睛上结满冰霜。于是它向着一道坡岸跳了上去，又用两条前腿的膝盖拼命往上爬，直至爬到最高处。而后它像匹暴怒的种马似的前腿离地，发出一声既像牛又像狼人的长啸。那声音听得人直起鸡皮疙瘩，叫完之后它就头也不回地跑掉了。

这头牛眨眼便消失在黑夜中。我拖着满身泥泞和一头冰碴在外面找了一个钟头。为了给我的苹果手机省点电,我连手电筒都没敢开。可惜我怎么都找不到它。于是我只管回家,洗了个澡,到酒吧去了。

卡莱布说我做得对,因为追赶一头怀孕的母牛会导致它流产。而且他还说,那头牛跑不了多远就会幡然醒悟:"等等,怎么就剩我自个儿了?这么冷的天我跑出来干什么?我想我还是回到那个温暖的新牛棚,去找我的同伴吧。"

可它似乎从没这么想过。但它也没有乱跑,而是回到了之前一直生活的那片牧场,至今仍在那里。我试过对它动粗,试过威胁,还开着四轮摩托追过它。我甚至试过用油菜籽包衣做成的丸子引诱它,可它丝毫不为所动。

我跟詹姆斯·梅已经共事20年,我以为我对"冥顽不灵"这四个字已经见怪不怪了,然而这头牛刷新了我的认知。所以就这么着吧,我不管了。现在我能做的就是等,等哪天一只獾从它身边经过,把结核病传给它。

命途多舛的餐馆项目

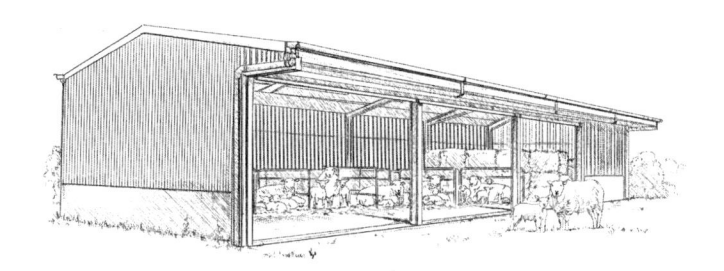

最近我决定把一个闲置不用的产羔棚改造成小餐馆。餐馆将只用木材和锯末建造。里面提供的食品,不论蔬菜或肉类,都将全部来自本地农场。如此朴实无华,对环境的影响也很小,这不正是那种会让美食家和环保斗士高兴到勃起的东西嘛。

花了几千镑请顾问和景观设计师一番操作之后,我的开店规划终于达到了以下部门的要求:教区委员会、泰晤士河谷警察局、牛津郡议会交通运输司、西牛津郡区议会排水管理处,还有他们那帮管环境卫生的人,以及,特别是他们那个帮了大忙的业务开发部。

当然,原英格兰乡村保护委员会是反对我的规划的。本地区还有52个卖传统啤酒的人也表示抗议。他们的红裤子几乎被邻避论者[1]的愤怒染成紫褐色。但不同寻常的是,有12个本地人自发向地方议会写信,表示保证支持。

---

1 邻避论者,又名不得在我家后院论者(not in my backyard,简称nimby),用来调侃那些希望国家修建垃圾场、核电站等有利于国计民生的工程,但又反对修在自家附近的人。

据说这种现象十分少见。

所有这一切似乎表明,规划许可申请的批准已经十拿九稳。于是我买了牛,盖了牛棚。我还搭了鸡舍——将来无须担心鸡蛋的供应。我儿子放弃了在伦敦的工作,回农场用我种的辣椒做起了辣椒酱。

本地区的其他农场主也表达了对我的支持。这不奇怪,因为我会以高于超市的价格收购他们的猪肉、鸡肉和蔬菜。

因此,等来年春天,在我把产羔棚修葺一新,加装厕所,并用我自己林地中的木材包上外墙,再做一些景观美化之后,就可以敞开大门供应本地美食了。想想真是激动。可惜天不遂人愿,你可能也看到新闻了,我的规划许可申请被否决了。

这场决定性的会议是在威特尼的西牛津郡区议会总部一个颜色像脓一样恶心的房间里举行的。现场有众多媒体,一对来自本地村庄的愤怒又有钱的夫妇,另外还有十名来自规划小组委员会的委员,以及本地政府部门的工作人员和会议记录员。

我仔细扫了一圈其他与会者,试图揪出那些因为我曾主持过汽车节目就反对我开餐馆的自由民主党人。可他们看上去都很体面。其中有位老者,另一位穿着花呢衣服。所以当主席宣布会议开始,并邀请那对有钱夫妇的律师用三分钟时间陈述为什么不允许我开餐馆时,我并没有丝毫紧张的感觉。

这一天其实我盼了挺久,因为他的报告错字连篇,里面包含十分低级的数据错误。

比如,我的停车场规划占地为500英亩,而非0.5英亩。但他没有使用一旁的客户提供的这些错到离谱的事实和数据,而是对我展开了人身攻击,说我行为"可耻","得寸进尺"。他没有说我闻起来像一坨臭大便,但我怀疑这只不过是因为他的陈述时间结束了而已。

我心烦意乱,陈词的时候甚至没有用完给我的三分钟时间。我只是结结巴巴地解释说,倘若不能允许农场多样化经营,那我们连基本的生存都无法保障。谢天谢地,随后的发言权交给了委员们,接着便启动本地民主议程。

这个议程糟糕透顶。他们似乎没做任何功课,其中一人甚至奇怪为什么我不把餐馆开到别人家的农场。不过最令他们感到不安的,似乎是我的产羔棚恰好处于一片自然风光特别秀丽的地带。可他们偏偏不懂那样的美景与农民们的维护是分不开的。他们似乎还很关心餐馆的照明问题，并担心那会影响夜晚的天空。我心想一个餐馆的光污染难道会超过附近的布莱兹诺顿皇家空军基地吗？但这种话是不允许我乱说的。

这期间，有个颇为理智的年轻女人说，与晚上能看到多少星星相比，本地人更关心我的餐馆能创造多少就业，然而她的发言立刻被她右边的一个家伙打断了。那人愤愤地说，他就喜欢"仰望夜空[1]"。好吧。我明白了。就因为你喜欢看一个星系相关的电视节目，所以我不能开餐馆。

随着时间的流逝，会场上一片煞有介事的叽叽喳喳。直到最后管规划的主管表态，说她不建议批准我的申请。随后有个叫菲尔的家伙——很明显是地方政府中的首脑——发表了一通演说，将人们的愤怒情绪推到了新的高潮。他说我的餐馆会给当地带来"严重危害"。

人群被误导的情绪像潮汐一样席卷会场，他们迅速占领了道德高地。见时机成熟，这个叫菲尔的家伙便提议大

---

1 仰望夜空，双关用法，英文原文为The Sky at Night，除了字面意思，还指英国广播公司出品的天文知识纪录片《仰望夜空》。

家开始投票,结果他赢得轻松又公平。也正是碍于这所谓的公平,他才没有高兴得朝着天上挥舞拳头。

我当然知道他什么来路。没有人在大学毕业的时候会说:"本人立志进入我们当地议会下属的某个小组委员会",所以我能理解他对自己目前的位置一定失望透顶。因此,这次投票在他眼中无疑是一场伟大的胜利——一个长期遭受践踏的、默默无闻的小人物奋起反抗,打败了我这个不可一世的电视上的大名人。

我毫不怀疑,村子里那对愤怒的有钱夫妇一定也很高兴。因为他们赢了。此刻他们必定躺在他们家铺着黑玛瑙的泳池里,喝着普罗塞克[1],吃着芝士味薯片,扬扬得意。

但这个邪恶联盟干了一件什么样的事情呢?他们等于告诉成千上万在土地上挣扎求生的人,倘若他们的农场位于国家公园,或风景秀丽的地带,或诺福克湖区,那么他们是没有权利把自家不用的房舍改造成餐馆、健身房或办公场所的。

如今这年头,农业几乎无法带来任何收入。近些年,

---

1 普罗塞克,一种知名的意大利白葡萄酒。

农民全靠政府补贴才得以苟延残喘，而这些补贴也在日益缩减。政府对我们说，要生存，就得扩大经营范围，走多样化道路。可现在地方政府对我们亮起红灯。这个问题务必要尽快解决，只有如此，才能激励甚至命令议会放开农民的手脚。

另外，过去的半年里，不少人抱怨说我应该建一个停车场，那样来逛农场商店的人就不用把车停在公路上了。现在地方议会说我不能建。

会议结束后的第二天，许多来自其他地区规划部门的委员纷纷来电表达对我的支持。他们说议会的报告漏洞百出，最终决议荒唐可笑。很多律师也突然联系我，说我这个案子十分典型。我还收到了罗杰·达尔特雷[1]以及科茨沃尔德国家风景区健康、福利和社会包容工作组组长发来的亲切的电子邮件。工作组组长在邮件中说她对议会的决议"深感失望"。可想而知，本地的其他农场主、旅馆经营者、酒店老板也都很沮丧，因为他们本来指望餐馆能吸引些游客，但现在，那些人不会来了。

---

1 罗杰·达尔特雷（Roger Daltrey），英国演员、歌手、制片人。作者曾想请他为自己主持的节目《大世界之旅》演唱主题曲。

当然，荒唐的决议终有一天会被纠正过来，而在那之前，我只能靠着钻法律的空子苟且偷生。不过这恰是我的强项。上学那会儿我净学这些了——绕开规则，而不是遵守规则。

不过，我有更要紧的事情要处理，牛棚里有头母牛马上就要生下它的第一头小牛了。因为菲尔和他的规划小组委员会，这头小牛只能贱卖给某家超市。它的肉将会摆在架子上无人问津，直到超过保质期一个小时后被超市扔掉。

养牛之殇

你可能以为农场生活多姿多彩：姜汁啤酒在手，倚门而立，看蝴蝶翩翩起舞，看夕阳温柔地沉入遍布蒲公英的腹地。

然而我上周的经历根本不是这样的。说实话我快烦死了。一个穿着卡骆驰洞洞鞋的胖女人逛农场商店的时候摔了一跤。我只好找保险员协商解决此事。在我翻白眼翻得都累了的时候，我们又得合计需要买多少保险，以防备某些不法分子黑进我的电脑系统，对我实施敲诈勒索。毕竟KP零食在1月底已经有过前车之鉴。[1]

这之后我又和一些西装男讨论了很久如何在地方议会没有批准的情况下，在我废弃的产羔棚里开餐馆。

随后我的土地经纪人开心查理也来凑热闹。他和我讨论了农业补贴的未来、高不可攀的化肥成本，以及为什么我有一整块油菜地里居然什么都没长。接着我们讨论补种点什么。他的话我能听懂一些词，但不足以让我明白他在

---

[1] KP零食是英国流行的零食品牌，2022年1月底被黑客入侵IT系统并勒索。

说什么。他好像让我种点鱼油什么的。

这就是农场冬季里的现实。你很想高高兴兴地开着一台大机器出去修补损毁的堤坝，可你没这个机会。因为你总有开不完的会议，填不完的表格。

拿我的牛来说。我以为弄几头牛在农场上会很有趣，可是政府管牛的警察把他们手中的权力运用到了极致，硬是把这份乐趣给剥夺了。不管我想放牛、卖牛还是宰了吃肉，都得先填表格。根据法律，每隔半年我还得给牛安排一次健康体检。

若是养猫或养兔子，你就没有这些麻烦事。拜托，我有三个孩子，给他们做完出生登记，我就能对他们为所欲为，除了给他们准备周日午餐。而且他们来去自由。我记得这三个孩子里面有一个在洛杉矶，但我不太确定。她要是头奶牛，那我肯定挂在心尖尖上。

上周，我有四头奶牛生了小牛犊，生的全是小母牛。这表示我得花上一个小时通知牛警，然后我得跑到外面的冰天雪地，给小牛犊戴上巨大的塑料耳标。那就是它们的身份证。从今往后，那两个耳标会一直在它们的视野之内晃悠，直到死去那一天。

打耳标可没那么容易，因为你首先得跳进关着小牛的独立牛栏。这意味着你要翻过一道5英尺高的金属栅栏，那上面全是小牛妈妈的粪便。然后，等你摔进牛栏——这是肯定的，因为牛粪很滑——小牛它妈肯定会以为你对它的大宝贝是个威胁，因此它会希望你死掉。

现在，你既要面对一头暴怒的母牛，又要想方设法把小牛赶到一个角落里。如果你能完成这一步——说实在的，其难易程度和赶空气差不多——接下来你就得跳到小牛身上，顺势用两腿夹住小牛的脖子，然后用一只手把小牛的头往后扳，另一只手去拿耳标钳。

拿到耳标钳后，你得腾出另一只手，从一个装有2 000个耳标的袋子里掏出两个编码无误的耳标——两只耳朵各一个。这时就需要戴上老花眼镜了，可好巧不巧，你从栅栏上摔下来的时候，它从兜里滑出去了，落在牛栏外面，此刻已经被那头越来越焦躁不安的母牛拉的牛粪埋住了。

你有没有试过用两条腿夹着一头小牛走路？也许你会说那有何难，小牛那么小，连站都站不稳。我也是这么想的。可即便是一头小牛也有几百磅[1]的精肉啊，所以这事儿

1　1磅约等于0.45千克。

一点也不简单。更何况你还要确保别让袋里那2 000个耳标撒到地上,另外你第四只手里拿着的碘伏瓶子也不容有失。

终于,我把牛赶到了便于操作的位置——虽然我说是我,但电视观众可能会说是卡莱布——接着我需要把耳标钳对准小牛耳朵上合适的部位。我得万分小心,因为牛耳朵上有两根很粗的血管,我得保证捏下手柄的那一刻不会搞断其中一根。你不知道这有多难,因为小牛的脑袋是个妥妥的移动靶。给它打耳标就像拿枪打一只犯了癫痫的象鼩[1]。

我很怕会把耳标打在这可怜的小东西的眼皮或额头上,或者更糟——打在卡莱布的老二上,我速度不算快。但仅仅过了几个钟头,四头小牛就全都打上了牛警给的那些用碘伏泡过的识别标签。这表示它们可以从隔离的牛栏中出来,到牛棚中找其他同伴去了。那是无比美妙的一刻,是我填那么多表格、踩那么多牛屎的意义所在。

然而,美妙的时光总是短暂。这边刚结束,那边兽医

---

1 象鼩,象鼩类动物的统称,因有较长的似象鼻的鼻子而得名。广泛分布于非洲,主要以昆虫为食。体形娇小,善于跳跃,行动敏捷,很难被发现和捕捉。

就来了。说是按照牛警的指示,前来检查整个牛群是否有结核病。这是一种由獾传播到牛身上的疾病。牛一旦患上此病就要立刻扑杀。我很难过,因为我爱我的牛;这对你们也不是好事,因为最后得你们买单。

有人告诉我,因为我的农场处于高风险地区,所以十有八九我会损失一头牛,而更让人难以接受的是,倘若患病的是头怀孕的母牛,那么连它肚子里没出世的小牛也不能幸免。

不管出于什么原因需要给牛做检测,我们都得把它们赶进一个狭小的空间。即便各方面条件都理想,这也是一项令人十分痛苦的工作。而如果要检测的是一种致命的疾病,那痛苦就要翻倍了。

有一头母牛因为怀了小牛,身宽体胖,不愿意配合,兽医检测时我们只好拼命扶着它。那场面就像让苏珊·博伊尔[1]给霸王龙做剖腹产。随后我们就得专心对付根格斯——那头喜欢攻击人的牛。迄今为止,卡莱布已经挨过它两脚,我的蛋蛋也差点被它踢碎。我不知道他们是怎么

---

1 苏珊·博伊尔(Susan Boyle),生于苏格兰,于2009年在英国著名选秀节目《英国达人秀》中一唱惊人,红遍全英国。

搞定的，因为我突然想起该去吃午饭了。我也不知道检测进展如何。我能做的只有期待和祈祷。

你肯定很纳闷，为什么我不想办法减少獾的数量，从而把牛感染结核病的风险降到最低呢？答案很简单，獾警不答应。假如我非要那么干，那我就得填一张表格，在上面说明值班狱警没收了我的手表和皮带，等我2037年出狱的时候请他还给我。

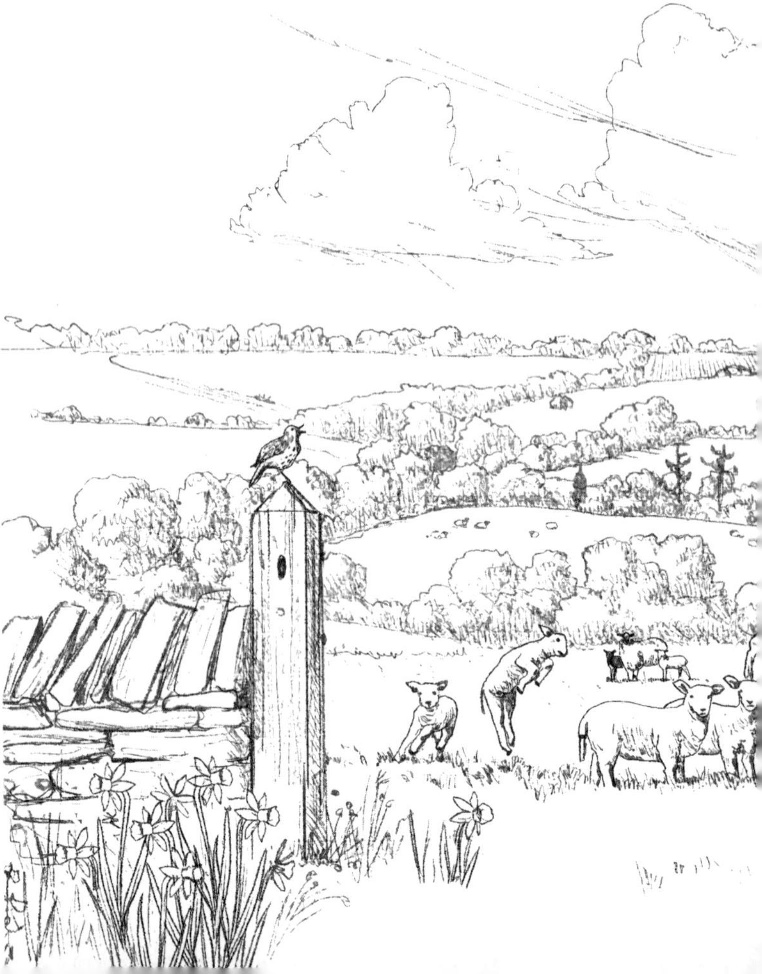

春

化肥困境

最近我看了两个网飞[1]合辑，一个讲的是男骗子，一个讲的是女骗子。看完两个合辑，我不由得想："得需要怎样的脑容量才能驾驭那样的生活啊？"

第一个合辑是《Tinder诈骗王》[2]，讲的是一个从以色列来的渣男同时和一大堆欧洲女人交往，不知他用了什么手段，竟迷得那些女人纷纷为他慷慨解囊，有些甚至不惜举债。他用这些钱吃香喝辣，买高档衣服，坐私人飞机，泡一个又一个妹子。看的时候我一直在想："难道他就不会搞混吗？"

第二个合辑是《虚构安娜》[3]，讲的是一个女孩把纽约一群猪脑子的艺术和时尚人士骗得团团转。她声称自己是某个德国富翁的继承人，结果那些人争相把自己的游艇、私人飞机以及酒店套房送给她用。还是那句话。"这姑娘

---

1 网飞，美国一家会员订阅制的流媒体播放平台，也自制剧集。
2 《Tinder诈骗王》，网飞出品的一部纪录电影。Tinder是美国流行的一款手机交友软件。
3 《虚构安娜》，网飞出品的一部美剧。

的脑容量得多大，才能同时处理那么多事情啊！"

想象一下，如果你在聚会上遇到某个人，你得记着你欠人家多少钱，需要用什么样的谎话和理由去搪塞自己没有还钱的事实。这样的日子，你过得下去吗？连想一想都觉得不可思议。我？有一天我和一个特别有趣的家伙面对面坐着吃午饭，我甚至得从我们的对话中寻找线索，然后偷偷在网上查找，才能确定他叫什么。

因此我十分佩服那些男女骗子。同样，我也佩服那些同时在多家企业的董事会中任职的生意人，还有既要管理众多公司，又要关心每位员工心理健康问题的老板们。那肯定能把人累死。

给插头接线的时候，我甚至没精力应付旁人的一句问话。我始终没有能力重置大脑，所以我脑袋里总有一张白纸。那上面布满了我的涂鸦：我做的上一件事，电话号码，以及下周要写的专栏的笔记。我很好奇，当新的危机出现时，政客们是否会遇到同样的问题。我怀疑他们会的。

总而言之，这种无法在复杂问题上集中精神的缺陷，是我作为农民表现不够出色的（众多）原因之一。只要我面对一个以上的因素，我的心智便不足以做出理性的决策。比如，当我饿的时候，我可以轻松决定做个猪肉派，但如果冰箱里还放着一根牛舌呢？我可能要愣在那里犹豫不决一个钟头。

今天的农业可不是选择猪肉派还是牛舌那么简单。油价因各种国际事件不断上涨，化肥价格也跟着从原来的一吨250英镑涨了两三倍。许多农民只能考虑减少化肥的使用，而此举必然引起产量的下降。

这听起来很不妙，但他们认为，全世界30%的小麦和大麦都来自俄罗斯和乌克兰，因此国际粮价必涨无疑，这正好抵销了农民因用不起化肥而减产造成的经济损失。

这套"种得少却挣得多"的哲学或许有它的可取之处，但万一全世界的农民都选择了少种呢？到时候哪里还有足够的粮食让你买？可能过不了多久，人们就会抄起棒球棍砸向邻居老人家的脑袋，只为了得到他们面包箱里那点可怜的食物。或者杀掉送奶工，看看他们的奶箱里有没有上周洒的牛奶好舔上一口。

而我还有更大的问题要处理。我在去年化肥价格还很低的时候买进了一批——我说是我，实际上指的是我的土地经纪人开心查理——如果现在出手，我就能净赚差不多三万英镑。可如此一来,我的庄稼就无肥可施。以牛津郡北部地区的气候状况,这会对产量造成多大的影响呢?万一明天战争突然结束,一切恢复正常了呢?

倘若我卖掉手里的化肥,那接下来就只能寄希望于俄乌冲突会毁掉乌克兰的庄稼。也就是说,我得天天坐在家里祈祷冲突继续下去,最好持续到夏天结束。那样我就成了一个发战争财的奸商,我可不能干这种事。那我该怎么办呢?

我在谷仓里一待就是几个钟头,竭力要把这件事想透,可各种纷乱的思绪像鱼一样在我身边游来游去。我好似被困在费德里科·费里尼[1]的电影里,周围有牧师,有乌鸦,有云,还有马戏团,可我完全搞不懂是怎么回事。而我又无法集中精神,因为有人在背景中拉着小提琴。

我好像钻进了死胡同,什么决定都做不了。战斗还是逃跑?开溜还是尿遁?猪肉派还是牛舌?我以为经营农场大多数时候就是嚼着沁香的青草叶,靠在篱笆上看云卷云舒,而

---

1 费德里科·费里尼(Federico Fellini),意大利国宝级电影导演,代表作品有《八部半》《卡比利亚之夜》《大路》等。其执导的影片有着极为鲜明的个人风格,神秘荒诞,富有象征性。

不是像现在这样,更不是玩地缘政治。你需要请《Tinder诈骗王》里的那个家伙出马,要么就请一个叫布拉德和托德的分析师团队。听说他们会给来访者提供水喝。[1]这两点我都做不到。没有哪个农民能做到,这才是你该担心的。

本来从业人员就不多的英国屠宰业,又因为脱欧雪上加霜。屠宰工人紧缺,养猪场的猪无法及时宰杀。不得已,他们只好自己动手把猪杀了扔掉。[2]可以预见,不久之后,培根的价格会比天鹅还贵。

说完养猪户再说奶农。他们挣钱更不容易,资金回流比蜗牛都慢。如今他们的资金流转已经陷入极大困境,不得不卖掉奶牛换肉吃。也就是说,牛奶很快会变得比香槟还值钱。

全球青年运动觉得獾是一种可爱的动物,这意味着成

---

[1] 此处作者意在讽刺很多分析师团队不干实事、敷衍塞责,只会用给人提供一杯水这样的小事装装样子,顾左右而言他。

[2] 2021年英国屠宰工人短缺现象十分严重,许多养猪场的成年生猪无法及时宰杀,一些农场只好杀掉小猪,为成年生猪腾出生存空间;而有些养猪场因为已经饱和,所以用焚烧或直接射杀的方法减少生猪数量。但在英国,养好的猪只能送进屠宰场宰杀,经过初步加工再送往超市,而养殖户并不具备屠宰资格,所以这些私自宰杀的生猪只能丢掉或做无害化处理,无法进入超市。

千上万头肉牛会因为结核病无谓地死去。不久的将来,你可能得卖掉房子才吃得起一个汉堡包。

再说这场可怕又愚蠢的战争,它会让面包、意粉和植物油变得比黄金、乳香和没药还贵。别再说什么"我们可以进口粮食了",因为国外的农民和我们是一根绳上的蚂蚱。

况且这样的策略我们在20世纪30年代已经用过一次。那时我们还没领教U型潜艇的厉害。后来领教了,差点把英国人全饿死。

事实就是,没有性生活你照样可以活。没有电视看,没有衣服穿,没有汽车开,没有假日,甚至没有房子,你都可以活下去。可没有粮食,你是万万活不成的。哦,也许你能撑个一两天,但饿到第三天的时候你就会想方设法给自己找点吃的了。而为了你的孩子能有饭吃,说不定你就会铤而走险了。

我不知道我们的领导人有没有意识到这一点。或者他们的脑袋里依旧塞满了聚会门[1]之类的烂事儿,所以无法专注于正事?

---

[1] 聚会门,英国前首相鲍里斯·约翰逊被指在新冠疫情间违反防疫规定办生日聚会,并由此造成了英国政坛的动荡。

有所吃，有所不吃

我们都认可，生命是最宝贵的东西。为了救朋友，我们愿意背弃信仰；为了救孩子，我们愿意放弃自己的生命。有些人走得更远。他们只吃素菜，搞得自己面有菜色、骨瘦如柴，因为他们不想对任何动物的死负责。而从这里开始，有些事就变得复杂起来了，特别是当你想做个农民的时候。

上个周末，我的朋友雷吉邀请我去欣赏一头刚刚出生的犀牛——哦，对了，科茨沃尔德野生动物园是他开的——当我站在那里看着小犀牛了不起的妈妈，我不由得想到，如此高贵的生灵，世上怎么会有人舍得杀死它们呢？

当然，我能理解偷猎者可能穷到走投无路，为了养活他们的孩子，只好猎杀犀牛取角，因为有些白痴相信犀牛角是制造春药的好材料。可是坐在我那铺着石英的中岛式厨房里，我还是愿意相信，如果和他们换一下位置，我想我不会扣动扳机，不管我有多穷。

像我这样感情丰富的人还怎么当农民？我每天要干的

就是照料我那群牛，不让它们饿着冻着，这样在不远的将来，我就能把它们宰了换钱花。不，等等。实际情况比这还要恶劣，因为我不会亲自动手，而是雇个杀手替我宰了它们。

说来也怪。我是个热爱动物的人，尤其爱鸟类。可我又特别爱吃烤牛肉、鸡肉、鹅肝酱、鲟鱼仔、牡蛎、猪肉、火腿和培根。更搞不懂的是，我能毫不犹豫地开枪打死一只鹧鸪，然后就着豆芽菜和土豆泥把它吃掉；可我绝对不会朝一只和它同样美味的丘鹬[1]开枪。为什么呢？不清楚。

我一直有种看法，即我们真心在乎的动物只有三类：可爱的、庞大的和好吃的。比如《侏罗纪公园》里的爱登堡，他可不会在乎棘鱼的死活。当然，实际情况比这更复杂和混乱。

我会非常乐意地朝一只灰松鼠开枪——我也确实这样干过——但换作它的红毛表亲（红松鼠），我却连它们的一根胡子都不忍心折断。我不会伤害水獭，但我会非常

---

1 丘鹬，鸻形目鹬科丘鹬属鸟类，广泛分布于北美洲、欧洲和亚洲大部分地区。体形矮胖，腿较短，喙较长，羽毛以黄褐色为主。

高兴地用脚踩扁獾的脑袋。虽然农场上的小鹿经常毁坏我的林地,但至于要不要请人过来超度它们,我还是会纠结万分。

我想每个人都面临着类似的矛盾。即便最纯粹的、满嘴和平与爱的素食主义者,遇到围着他们的脑袋嗡嗡叫的黄蜂,恐怕也会毫不犹豫地用他们手里的《社会主义工人报》[1]拍死它。度假住酒店的时候,他们出去用餐前也会用灭害灵喷一喷房间。即便他们已经高尚到不会做这种事,我也敢打赌,倘若他们快被鳄鱼吃掉的时候你开枪打死了鳄鱼,那他们也必定会对你千恩万谢的。

我不由得想起上周的一件事。播种的时候,卡莱布发现有只老鼠钻进了播种机的机架里。作为一个正经农民,他半点都没放在心上。由于快要变天,他催促我别管老鼠,赶紧开播春大麦。可一想到有只老鼠困在机器里,我怎么忍心把这个庞然大物——它像一座石油钻塔,而且更大更复杂——开到地里并展开机架呢。那小东西肯定会没命的呀。

卡莱布感到震惊,他说整个农场到处都有老鼠夹子,那

---

[1] 《社会主义工人报》,英国社会主义工人党出版的一份周报,创刊于1968年,至今仍在出版发行。

又算怎么回事？他说得很有道理，我难以反驳。可我还是不忍心，于是在他接连不断的啧啧声和一遍又一遍"看在上帝的分上"的感叹中，我找了一根长长的软管，小心翼翼地插进机架，直到片刻后那小东西掉下去，然后飞奔着去找最近的掩护——它竟然躲到我的拖拉机后轮下面去了。

我趴在地上，看到那可怜的小东西藏在轮胎花纹的沟槽里。随后我分析了一下眼前的形势，结论和卡莱布几分钟前说的一样——我根本没办法赶走这只老鼠。

"现在你打算怎么办？"卡莱布不耐烦地问。"我告诉你我打算怎么办吧，"我回答说，"我要让你见识见识什么叫专业的半坡起步。"说完我爬进驾驶室，把42个挡位都扒拉一遍，然后小心翼翼地按下按钮，升起6米宽的条机。

问题随之而来。那台3.5吨重的机器刚一离开地面，我的拖拉机便瞬间被它往后拖了9英寸。该死的9英寸。嘎嘣脆的9英寸。那老鼠肯定活不成了。我又是惊恐又是内疚，脸一下子白了。让我感觉更糟的是，卡莱布站在一旁，摇着头说："你这样子真不像个农民。"

他说得没错。这只小老鼠即便活着，说不定晚上也会成为猫头鹰的夜宵；现在只不过是变成一坨腐肉，让红鸢捡个便宜。所以我大费周章地折腾半天，到头来只是浪费了春大麦的播种时间。

怀着沉重的心情，我踩下离合器，准备起步。我心里很清楚，车轮只需转动四分之一圈，我就能看见那个红色的小肉饼了。但实际上根本不用走那么远，拖拉机刚往前挪了一英尺，那小老鼠就像离弦的箭一样，嗖地蹿了出去。那速度恐怕有每小时2 000英里。它似乎打算穿过农场，只是命不好，迎面遇上卡莱布他弟弟抱着一堆喂牛的草料转过拐角。他看见老鼠，当即做出了一个正经农民都会做出的本能反应。他抬起那只12码[1]的大靴子，一脚踩了上去……

但他没踩着。

我欣喜若狂。实际上，从开始务农以来，我前所未有地清楚认识到自己是个"城巴佬"。你会每天操心在莫德福德郡害死了多少只老鼠，就像卡车司机担心有多少飞虫会撞到他的挡风玻璃上一样，或者一个乡间漫步者因为惦记自己散步时踩死的蚯蚓而焦虑得睡不着觉。

1　英国的男鞋12码约等于中国的46码。

在动物的问题上,我们每一个人都有不同的态度。有些人如库尔特·祖玛[1],有些人如克里斯·帕卡姆。还有些人像我,既愿意精心照料一只小刺猬,使其茁壮成长,也不介意亲手熬一锅丰盛的炖肉。

从开始经营农场那天起,我就变成了一个非常矛盾的人。尤其是昨天,我花了一整天修理120码长的树篱,好方便鸟儿在上面筑巢,可到了晚上我又打鸽子去了,因为它们一直在偷吃被跳甲糟蹋剩下的油菜。

素食主义者肯定不会赞同我的做法,因为鸽子的生命同样宝贵。但如果坐视不管,我将来就没有油菜籽可卖,到时候人们又得用棕榈油,这对全世界的红毛猩猩[2]来说都不是好事。在我看来,它们的生命比这些会飞的老鼠要高贵得多。

我想这才是我需要记住的:所有动物一律平等,但有些动物比其他动物更平等。

---

[1] 库尔特·祖玛(Kurt Zouma),法国足球运动员,曾因虐猫事件受到动保组织的抨击,并被法院判处禁止养猫五年。
[2] 红毛猩猩,主要分布于马来西亚和印尼的婆罗洲以及印尼的苏门答腊岛。为了种植油棕以获取棕榈油,红毛猩猩栖息的原始雨林被大量砍伐,种群数量急剧减少。

答案还是不行

很多年前,保守党突然发现,有房子的人似乎更倾向于支持他们。所以撒切尔任首相时出台了一项政策,住在政府住房中的人有权买下他们住的房子。出于同样的原因,去年保守党宣布英国未来将建设30万套新房,而乡下那群红裤子邻避者到时连反对的权利都没有。

可后来他们又惊恐地发现,几乎全国所有的红裤子邻避论者都是保守党人。倘若他们被剥夺了反对任何事的权利,那么很快他们就会倒向其他阵营。

这正是去年保守党在切舍姆和阿默舍姆选区补选中失败的主要原因之一。该地区历来属于深蓝色区域(支持保守党),那里的选民担心政府一旦赋予开发商太大的自主权,他们定会对该地区实施地毯式轰炸。到时候遍地都是高级住宅,家家都有叮咚乱响的门铃,窗户上挂着好似肥大的灯笼裤的窗帘,看着叫人心烦。所以他们把票投给了自由民主党。

因此保守党领导人便面临一个难题。如果允许开发商盖房子,工党那群福利骗子会摇身一变,成为戴着圆花饰[1]参加逍遥音乐会终场之夜[2]且拥有住房的保守党人，而红裤子群体则会变成自由主义者。那等于是抢了基尔[3]的钱给那个谁——呃，管他现在的自由民主党党魁是谁呢——发奖金嘛。

难怪上周女王在施政演说中透露，保守党有了新方案。他们将允许社区和村庄，甚至个别街道采取公投的方式决定是否开发本地区。反正公投决定的事情都是靠谱的，对吧？

他们希望通过此举实现他们所谓的"温和致密化"，意思就是一条全是半独立式住宅的街道可以变成一条全是联排别墅的街道，孩子们在人行道上玩跳房子游戏，爸爸修理着他的科蒂纳[4]，妈妈为新邻居烤着蛋糕。那些人如今住的地方曾经是她家的后花园。

---

1 圆花饰，一种用缎带制成的圆形、花形饰物，佩戴者常用其表示对某政党、运动的支持，有时也可作为获奖的标志。
2 逍遥音乐会终场之夜，英国文化界、音乐界一年一度的盛事，即每年夏天为期八周的一系列音乐会。始于1895年，由英国广播公司组织并现场直播。终场之夜通常在9月的第二个周六，下半场一般是一系列表达爱国主义、民族情感的曲目，观众常会随之高歌，挥舞国旗。
3 基尔·斯塔默（Keir Starmer），英国工党党魁。
4 科蒂纳，福特旗下一款家用车。

我必须承认，我并不了解全部的细节，但我觉得这种观点至少在理论上站得住脚。国家盖的房子越多，意味着工党的成员就越少。房子盖了，开发商才能赚到钱。而红裤子们要的无非是一个投票权，给他们便是。如此，皆大欢喜。

问题是现实很可能会打脸，因为红裤子们总是希望事情维持原貌。你保证房子会更便宜也没用，那打动不了他们。因为他们最不在乎的就是房价。穷人？在他们的村子里？不存在的。

现在你知道我们为什么会有地方规划部门了吧。他们负责在开发商与本地人的观点中间找到某种平衡，然后决定谁的观点更站得住脚。显然，这是解决此问题的最好方案。可惜同样没什么用。

每到一处，你总能看到许多面目狰狞的新写字楼。于是你会想："这是哪个大聪明的主意？"你会发现有些住宅小区建在了洪泛区内，有的谷仓被改建成了仿都铎王朝风格的豪宅。这种情况在伦敦表现得更为糟糕。有人在海德公园[1]东南角建了个酒店。每次开车从那里经过我都会想，

---

1 海德公园，英国最大的皇家公园，伦敦最著名的公园，位于伦敦市中心。

这么畸形的玩意儿,当初是哪个白痴给开的绿灯?真想提刀去砍了他。

在我看来,许多规划决策都有共济会的参与。[1]只要你系上围裙,卷起裤腿,那就万事大吉了:你可以建一个新的暖房。既然说到这儿了,那咱们把超速的罚单给撕了吧。[2]

当然,我并没有说我们这里的地方规划人员容易被本地人左右。但说实话,我完全搞不懂他们的决策是如何做出的。我想他们大概是舔舔手指,举在风里,[3]然后说:"如果申请人是杰里米·克拉克森,那答案就是不行。"我不

---

1 共济会,一个古老的民间社会团体,发源于中世纪石匠自发形成的组织。在英国,共济会分会遍布各地,对地方事务有一定的影响力,郡议会、区议会等地方议会中有其成员。共济会透明度有限,基本属于秘密团体,英国国内对于共济会成员参与公共事务是否应披露其身份存在争论。后文中的系围裙、卷裤腿是新成员入会时的仪式性动作。

2 关于共济会与警察的关系,英国国内长期对此争论不休,不少人认为警察队伍中有许多都是共济会成员,但由于共济会团体的秘密性质,这一推测难以证实。曾任英国警察联合会主席的史蒂夫·怀特(Steve White)曾公开表示,他和他的同事怀疑警察联合会内部有相当多的共济会成员,这些人正在阻碍改革。

3 很久以前,荷兰人航海时为了判定风向,会舔舔手指,将其举在空中。这一习惯后来传至欧美,随着时间的演变,这一动作的意义逐渐超出风向辨别,扩展至普通的猜测、决策。

知道我怎么得罪他们了，但性质必定很恶劣。

最近我在申请将一处不用的产羔棚改造成一个小餐馆。毫不意外，离得最近的那个村子里的红裤子们强烈反对，因为他们就是干这个的。我提出了合理的商业论据，且得到了议会规划部门的支持。但结果我还是输了。

随后我又申请在农场上铺一条车道，省得每次要从公路上绕老远的路，这样既能省油，也有利于改善环境。可他们也否决了。

最近几个月来，所有人都在抱怨，来农场商店的顾客们把车停在公路上，妨碍了本地人的正常通行。因此我申请建一个停车场。选址毗邻一个房车营地，几百码之外便是一个很大的旅行者宿营地和一片训练用的直升机着陆场。他们说不行，因为"那一带自然风光特别优美"。他们甚至没有将这个提议递交给规划委员会。

根据国家规划政策框架第38节之规定，规划人员应"以积极和创新的方式就某个发展提议做出决策"。显然我的申请没有享受到如此待遇。而据我所知，也没有其他人有此殊遇。我们的规划制度出了问题，已经形同虚设。它效率低下，代价高昂，还特别奇怪。

新的制度已于上周提出，可能比原来的好，也可能更糟，但不管怎样，我都打算好好利用一下。我准备在村子里搞一次公投，决定要不要拆掉红裤子带头人的房子。他过去反对这个反对那个，也得罪了不少人。我猜他可能会输。要是那样的话就搞笑了。

养活世界

到最后，一切都会好起来。这是我在生活中一直秉持的朴素信念。是，每隔20分钟就会有人告诉我们，要不了多久地球就会变得奇热无比，连细菌都无法生存。可我依然拥有七辆车，其中六辆都装有V8发动机[1]，因为我相信在生死存亡的危急关头，慕尼黑的某个科学家定会发明一台巨大的太空吸尘器，把大气层里过剩的二氧化碳全部吸干净，让地球重新回到一切正常的时候。

对新冠病毒我也持同样的态度。病毒不可能把人类消灭，因为在某个满是吸管和本生灯[2]的德国实验室里，有个科学家必定能研制出疫苗。事实证明，的确如此。

2008年金融危机？对，那时我的确忙得团团转。我担心自己所有的积蓄都会被华尔街这个无形却又高深莫测的骗子败干净。但我们很快迎来了量化宽松的货币政策，并和中国开展贸易，所以到2009年春季的时候，我就重新吃得起鱼子酱了。

---

1 V8发动机的燃油消耗率相对较高，每百公里油耗为13至16 L。
2 本生灯，一种实验室里常见的用于加热的煤气灯。

然而俄乌冲突令我忧心忡忡起来，我有时甚至急得抓耳挠腮。我不会装成地缘政治专家，就像我不会装作自己是农民一样，但我真的认为这个世界仿佛穿上了一条黄油裤子，正沿着一条润滑良好的坡道滑向饥饿、苦难和死亡。

我跟你谈谈我的想法。冲突本身，各方制裁，交战地区周边的贸易无法正常开展，这一切导致天然气价格火箭式猛涨。你肯定深有体会，因为现在你想给你家房子供暖，可能得花上百万英镑，而做一顿羊排可能就要两万英镑。我同样深有体会，因为化肥的价格已经从一吨250英镑涨到了一吨1 000英镑上下。

你不需要化肥，自然不会在乎。但你应该在乎起来，否则过不了多久，等你再去逛超市的时候，你就会发现自己只能买得起一本过期的《汽车快报》杂志和一包本森香烟了。而且在回家的路上，你十有八九还会被人谋财害命。

因为成本越来越高，许多农民来年可能会减少化肥的使用量，这正是问题所在。个别人甚至会停用化肥，其他人也许会用硬纸板、修剪草坪时剪掉的草或粪肥代替。不管怎样，减产是肯定的了。一些农场主——单在我这一带我就听说有三个——已经决定明年休耕，什么都不种了。

这种情况不单发生在英国，还是一种全球现象，最终可能导致商店里的粮食减少20%。这可不是好事。而雪上加霜的是，俄罗斯和乌克兰占了世界小麦出口总量的四分之一以上，葵花籽的产量他们更是占了一半。所以，葵花籽油在英国已经开始施行定量供应了。

因为这场战争，我们失去了很多粮食，而因为化肥成本的增加，我们又损失了余下的20%。目前食品价格已经开始上涨，不是7%或10%地涨，而是一下子暴涨37%。世界银行说，粮价上涨趋势暂时还没有停止的迹象。他们称此为"人类浩劫"。

政客们说他们正"密切关注当前形势"，那意思就是他们什么都没干。但这个问题总有一天需要他们解决，因为人们可以不要暖气，不要衣服，甚至不要性生活，而离了粮食却是万万不能。人饿疯了会吃邻居的。

人们也会选择移民逃难，接下来势必会出现这样的情况。据说乌克兰将近三分之一的小麦都流向非洲，但今年夏天他们就甭指望了。非洲人恐怕也买不起我的小麦。我卖300英镑一吨。再说了，我种的粮食还不够本地人吃呢。

所以，假如你身处非洲或中东，没有粮食你会怎么办？坐等米兹·尤瑞掏出他的诺基亚手机给鲍勃·吉尔道夫打电话吗？[1]不，你会收拾行李，跑到唯一"遥但可及"的避难所——欧洲。近些年来，我们见到了大量移民。但我怀疑很快我们就将意识到，现在我们接纳的移民只是九牛一毛。

所以，现在的欧洲大街上挤满了饥饿和绝望的移民。他们每周从政府手中领取40英镑的生活补贴，到头来却发现那连一个面包都买不到。加上可怜的本土居民早就受够了有暖气没饭吃、有饭吃就没暖气的窘迫，那时局势就真的难看了。

至于怎么做才能阻止这一切发生，眼下似乎看不到任何希望。英国政府可以带头强迫农民种地，发放化肥补

1　米兹·尤瑞（Midge Ure）是苏格兰音乐人和演员，鲍勃·吉尔道夫（Bob Geldof）是爱尔兰演员和音乐人，二人一直致力于唤醒人们对贫穷非洲的认识和了解，呼吁人们关注和帮助非洲难民，曾通过义卖音乐作品的方式为非洲灾民筹款。两人于1985年合作策划"拯救生命"大型摇滚演唱会，以为埃塞俄比亚的饥荒筹资。该演唱会众星云集，共吸引全球约15亿名电视观众。

贴,每晚八点通过电视让全国人民一起鼓掌加油。但这不太现实,原因有二。首先,英国政府的当家人是凯莉·约翰逊。她认为乡下就应该是獾的领地,而不是拿来种什么庄稼。

其次,政府其他人员(老实说,还包括第四权[1])当前正在研究是否用一块蛋糕就能把一个工作会议变成聚会,[2]粮食的问题他们没工夫考虑。

这我当然能理解。他们和我一样,都寄希望于某个使用本生灯的德国人拯救世界。但这一次恐怕没戏了。战争缩减了全世界四分之一的粮食出口,并导致天然气价格火箭式上涨。这意味着西方世界的农民已经负担不起种庄稼的成本。粮食减产,价格攀升,这是不可避免的结果。随之而来的便是饥饿。你们本地冰岛超市[3]的食品区前将血流成河。

查尔斯王子会跟你说,"阿拉伯之春"的起因是全球

---

1 第四权,即新闻媒体,西方认为其是一个国家政治体系中的重要组成部分,因其可以监督和影响公共舆论。
2 此处指页192提到的聚会门事件。
3 冰岛超市,英国连锁超市品牌,以销售冷冻食品为主。

变暖。非要生拉硬扯的话，这也不是没有道理。但直接原因是粮食价格突然大幅上涨，十年之后的今天，我们仍能感受到它的影响。

不过这一次情况会更糟。反对移民的右翼党派这下有的说了。他们会跳起脚来指责欧盟，从而导致欧洲的分裂。这世上最后一个自由、明理和得体的堡垒也就不攻自破了。

但这场战争更深远的影响是欧洲的稳定团结荡然无存，且这种影响会持续多年。当然，除非这些事情都没有发生，这片大陆又滑稽地被一个德国人拯救。若是那样的话，我们就又可以回过头来继续关心鲸鱼和全球变暖的问题了。

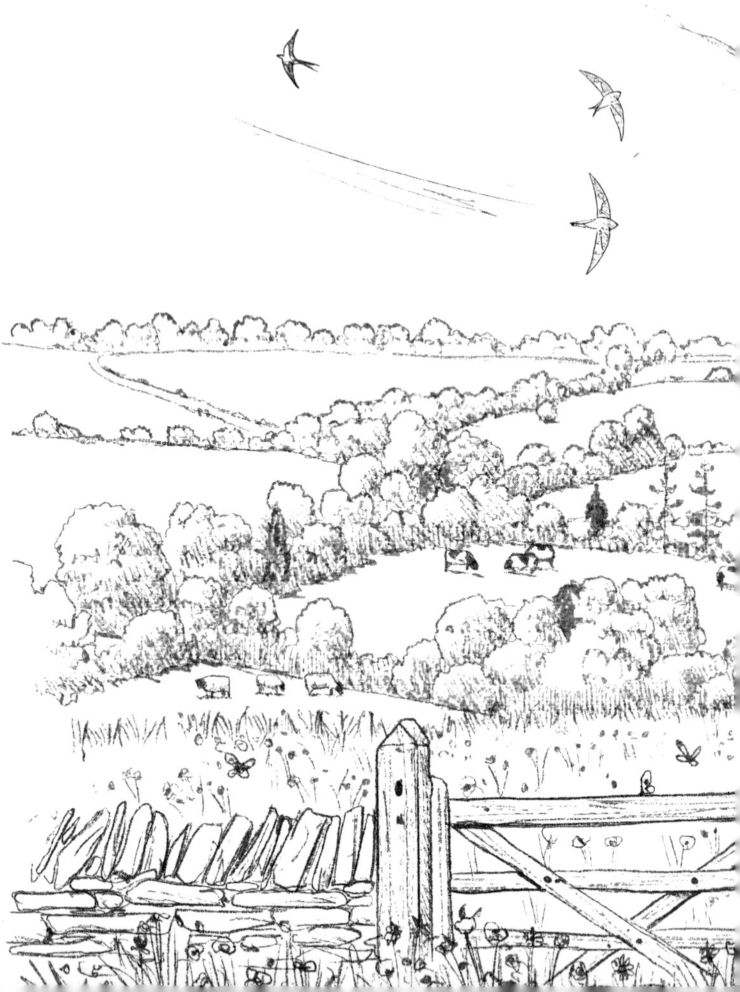

夏

草更绿了

前几天晚上从酒吧回家途中,我看到一辆车子停在路旁,靠近一片我称之为"大森林"的林地。那里前不着村后不着店,加上最近几周不时有报道说这一带有偷猎者出没,谨慎起见,我觉得有必要停车看看是什么情况。

于是我把车并排停在那辆车旁边,发现里面坐着个小伙子,一只手捏着根粗粗的大麻烟卷抽得正嗨,而另一只手,怎么说呢?正疯狂地在那儿自我取悦。我和莉萨相视一笑的工夫,那年轻人发现了我们,立刻停止手上的动作,摇下车窗。"我的上帝,"他惊叫道,"你是杰里米·克拉克森。"

碰到这种情况,普通人恐怕会胡乱找一堆借口为自己辩解。比如,停车是为了,呃,挠痒痒,因为越挠越凶,就情不自禁地点了一根绝对合法的自制烟卷。可这个年轻人沉着冷静地说:"要是我们在其他场合见面就好了。"

回想起当时的情景,我现在还会忍不住笑。这很难得,因为在其他方面总有许多糟心事。比如我的油菜,毫不意外地出了状况。当初说我种油菜是脑子进水了的那些人想必一点都不感到意外。

几年前,油菜成了农民手里一种十分有用的轮作[1]作物。当你坐飞机飞越乡间时,你会觉得英国变成了一个金黄色的乐园。它不仅对改善土壤有益,还能用来喂牛,以及制造生物柴油和非常健康的植物油。

这时欧盟发话了,说我们用来保护作物免遭虫害的新烟碱类种衣剂[2]对蜜蜂数量造成了严重影响,因此要求各国禁止使用。我个人认为这无可厚非。

当然,不使用新烟碱类农药,作物尚未发芽便被虫子吃掉的风险极高,所以很多农场主开始改种其他作物。但我固执己见,结果两年前一整块油菜地都毁于跳甲之嘴。时间、人力,还有投入的几千英镑,全都打了水漂。

不过有人曾对我说,提前或者推迟播种都可以避开跳甲的危害,只要别准时播种就行。可这对一个守时几乎达到病态地步的人来说,未免太难了。而且这种方法并未奏

1　轮作,在同一块田地上有顺序地在季节间或年间轮换种植不同的作物或复种组合的一种种植方式,是用地与养地相结合的一种生物学措施。
2　种衣剂,农业上将干燥或湿润状态的种子用含有黏结剂的农药组合物包裹住,使种子外表形成一层保护层,这个过程叫作包衣,而包在种子外边的组合物质称为种衣剂。

效。因为透过我的厨房窗户我就能看到，其中的一片油菜地仿佛被杰克逊·波洛克[1]光顾过。

令人气愤的是，和那片油菜地紧挨着的，是隔壁农场的油菜地，远远望去像一块厚实又平整的黄色毯子。而离得较远的其他几块地同样长势喜人。我嫉妒得龇牙咧嘴。不仅仅因为他们干得比我好，这已经够让我脸上无光；还因为他们能清清楚楚地看到，我比他们差太多。如果他们每天早上起来想大笑一场的话，只需要拉开窗帘就行了。

我想不到其他任何与此相似的工作。铺管道的，工作成果埋在地下。做手术的，搞会计的，也全不在明面上。但是农业不一样，好坏一览无遗。我那不争气的土地仿佛在告诉每一个人："嘿，我很没用哟。"

所有人都以为是我在播种的时候忘了按下拖拉机上那个重要的按钮，或者是下种漏斗装错了。可种子不是我播的，是卡莱布。

---

[1] 杰克逊·波洛克（Jackson Pollock），美国抽象表现主义绘画大师，行动绘画创始人。他画画不喜事先规划，多即兴而作。作品主要特点是画面没有主题、中心和层次，凌乱无序。有人认为他开拓了绘画艺术的新领域，也有人认为他过分随意，哗众取宠。

于是我问他怎么回事,他居然不假思索地告诉了我答案。他说种子被鸽子吃光了。今年这些飞天老鼠确实比往年多,可我很快就发现他这种说法不够严谨。为什么它们只吃我地里的种子,是隔壁家的种子不合口味吗?

"哦,那全都怪你。"卡莱布说,"是你坚持要在地里保留野花的,搞得整块地就像鸽子的停鸽场。"卡莱布并不认可我为延长昆虫寿命所做的工作。他觉得我是在浪费钱。

但我的土地经纪人开心查理指出,问题不在于我为甲虫打造的生态乐园上。他说邻居的农场使用的是不同种类的油菜种子,显然鸽子偏爱我地里的种子。现在邻居们又有我的笑话看了。

我去年才知道油菜也分许多种。(要是那些八卦小报断章取义可就不好了。[1])因为我遇到了一个人,他让我试试他的品种。因为是他自己培育的,所以那个品种归他所有。我很迷惑,一个人怎么可以拥有一个品种的植物呢?就好比我说水仙花属于我一样。

---

1 在英语中,油菜和强奸是同一个词,即 rape。

总之，是我们买错了油菜种子。可想而知，从希思罗机场起飞的航班不久后就会改变航线，到我的农场上绕一圈，好让乘客们使劲嘲笑一番杰里米·克拉克森的又一个败笔。

这才到哪儿啊，还没说我的牧场呢。我专门为养牛开辟的牧场，几乎寸草不生——哦，我说的是牧草。这可把我搞糊涂了。因为每当我站在一片绿油油的土地上，我会理所当然地认为那就是草地。事实却并非如此。那只是看上去像草，等你趴在地上拿放大镜认真端详时，你就会发现那些绿色的玩意儿是和硬纸板有着同等营养价值的野草。

我提议说，或许该用点化肥让牧草长得茂盛些，可这再次遭到所有人的嘲笑，因为：第一，化肥同样也会让野草长得茂盛；第二，眼下化肥的价格已经超过了可卡因。

刚开始经营农场的时候，我真的以为种庄稼就是把种子往地里一撒，坐等天上下雨，庄稼就自己长起来了。然而现实通常另有打算，因为很多时候风不调雨不顺，把庄稼折腾死了。除此之外，还有价格缩水、环境压力、新法规、新技术、战争、全球大流行等诸多因素，以及——至少在英国是这样——一个什么都指望不上的政府。

另外你还需要了解，种子的播种深度是多少，什么时候施肥，一种作物可以套种别的什么作物才能起到改善土壤的作用。

在处理所有这些科学问题的同时，你还要一只手操纵着拖拉机上的气刹装置，另一只手拿枪打成群的鸽子。

即使老天眷顾，让你奇迹般地迎来了丰收，你也根本没有机会享受丰收的喜悦，因为你很忙：忙着被水务局骂，因为你污染了他们的溪流；忙着被环保分子抨击，被超市排挤，被全国的乡间漫步者憎恨，还要忙着忍受政府的袖手旁观。因为在他们眼里，土地用于农业，并不会比任其成为愤世嫉俗的城市小青年夜里偷偷跑去抽大麻和打飞机的近便之地要好多少。

想修大坝不容易

每年秋天，像伍斯特和唐卡斯特这类地方便是一番悲惨凄凉的景象。人们从洪水淹没的房子里拖出他们湿淋淋的家具三件套和泡坏了的冰箱，举家逃难。而农民们则每年都要被生态记者乔治·蒙比尔特[1]指责一通，说他们没有好好管理自己的土地。

就是出于这个原因，几年前我租了一台大型挖掘机，忍受着它刺耳的轰鸣，花了一周时间修建堤坝，还挖出一片沼泽地。我的想法十分简单。如果我能将雨水留在科茨沃尔德的丘陵地带，那它就不会冲到下游的村庄形成洪灾，更不至于脏了村民们的红裤子。况且，这样一来，我也能得到几方漂亮的池塘。

而远在诺福克的一个名叫保罗·拉克姆的84岁老农场主竟然与我不谋而合。他的土地上有条小河名为小乌斯河。他清理了河岸上的杂草和荆棘，使河水流速变缓，形成一个美丽的池塘，从而吸引天鹅前来栖息。

---

[1] 乔治·蒙比尔特（George Monbiot），英国记者、作家，因其在环保方面的倡议和行动而知名。

然而，这样做给他的公司带来了什么呢？罚款1.7万英镑，赔偿损失4.9万英镑，另外恢复河道原貌又花了他40万英镑。看见了吧？这就是英国的农业。你总想尽你所能把事情做好，可某个扁桃体肿大、天天拿着写字板的家伙只需开出一张罚单，差不多50万英镑就从你的账上飞走了。

看起来是政府的某个密探到拉克姆的农场上取了水样。他注意到河水与往常相比变深了，可能他没有接受过深水培训，所以不得不放弃采样。一个月后，更多的密探来农场查看为什么河水变深了，结果发现河岸整修且升高过。

于是更多的密探闻着味儿就来了，沃克斯豪尔[1]汽车排起了长龙。在新的河岸上，他们找到了水田鼠[2]曾经在那里生活过的证据。根据我个人的经验，他们的判断依据并不严谨，因为水田鼠的洞穴和其他小动物的洞穴其实没什么两样。但不管怎样，他们坚信有一个水田鼠群落惨遭

---

1 沃克斯豪尔，该品牌的汽车是英国基层公务人员的常用车。
2 水田鼠，仓鼠科水田鼠属动物，栖息在水流平稳、岸边植物丛生的河流两岸，分布在欧洲大部分和亚洲、非洲部分地区。在英国，若规划整修的地方涉及水田鼠，当事人需要向政府相关部门提出申请。

瓦解，还有许多不知名的无脊椎动物和小虾米遭受了灭顶之灾。所以他们找拉克姆理论，后者当即停工。

他解释说，过去出于防洪需要，他拿到过环境局的批文，但也承认这一次并未得到许可，结果一下子损失了46.6万英镑。

我之前就说过，人们只在乎三种动物：可爱的、庞大的和好吃的。水田鼠绝对是一种可爱的动物，甚至说不定还很好吃。谁知道呢？反正狐狸和秃鹰是这么认为的。不过，有一点可以肯定，水田鼠极为稀有。

仅在我出生之后的这些年里，水田鼠在英国的数量已经从原来的大约800万只，减少到了今天的不足20万只。出于某种原因，它们大都集中在格拉斯哥[1]。而行事一贯鲁莽的农场主和地主们确实需要为保护这种小动物出一份力。可1.7万英镑的罚金？我甚至无法想象你得把车开多快才能被罚得这么惨。

不过，这件事引起我的关注是因为别的。过去几个月，我一直盘算着把我农场上的一道水坝整修一下。那老

---

[1] 格拉斯哥，苏格兰第一大城市，英国第四大城市，位于中苏格兰西部的克莱德河河口。

古董还是杰弗里·乔叟[1]于1368年修建的，用的是橡木和其他木材，眼看着就要散架。我担心万一溃了坝，它堵起来的那个堰塞湖会以万马奔腾之势，冲进下游村子里那些红裤子村民的客厅。

眼下我与他们的关系处得不是特别好。他们抱怨来农场商店的顾客把车子停在了公路上，可我申请修建停车场以解决这个问题时，他们又极力反对。现在好了，委员会否决了我的申请。

有时候我真希望那道大坝决堤算了，把他们的裤子全都搞湿，可为了湖里的鳟鱼和以湖为家的鸭子，我必须得想办法修理大坝。但我很清楚，只要我向环境局提出申请，就肯定会出现两种情况。一是我试图保护的红裤子们会反对我；二是拿着写字板的那帮公务员肯定会找到水田鼠或蝙蝠、蝾螈栖息的证据。

而在那之后，真正的问题才开始出现。是这样的，我计划捕捞湖里的小龙虾并在我的店里出售，比如做名气响

---

[1] 杰弗里·乔叟（Geoffrey Chaucer），英国著名诗人、作家，有"英国诗歌之父"之称，被认为是中世纪英国最伟大的诗人。作者此处意指这道水坝已经非常老旧。

当当的虾仁鸡尾酒，或者在冬天的时候做杂烩汤。换来的收益用于资助湖泊修复计划。这招很聪明，对不对？

在某个凉爽的夏日傍晚，你来到自家的小湖边，随手捞一网上来，做成健康小吃卖给过路的家庭。多好的事情。可我无权那么做，因为这并不是一个自由的国家。

问题在于，我家湖里生长的那些是美国小龙虾。它们对英国本土龙虾的影响就好比灰松鼠对红松鼠，因此它们早已被打上入侵物种的标签。政府被迫投入数百万英镑雇用一帮人专门制定法律，规定了针对美国小龙虾哪些事可以做，哪些事不可以做。

所以我想要捞虾，首先得有执照，就像飞行员得有执照才能开直升机。如果申请执照，他们必然会问我的姓名和地址，以及我那个湖面积多大，水质属于哪种类型，是死水还是活水，精确位置在哪里，所在地是否具有特殊的科学价值。

接着他们还会想知道我用什么网，并明确指出我的网最长不能超过600毫米，最宽不能超过350毫米。这个标准是我们花钱请他们制定出来的。他们坐在会议室里，吃着你我买的饼干，把捕虾网的规格精确到了毫米。

然后，他们还要知道我捕的是哪种虾，在某些地区我还需要书面许可，才能让虾捕捞之后继续活着。等我历尽千辛万苦走完这一整套程序，我农场上的庄稼也会因为我无法时时照料都快死光了。而这时我却收到一条信息："环境局目前无法处理你的捕虾申请。"大概因为他们全都居家办公了吧。

这表示我甚至没机会问清楚在哪里吃虾才不犯法。好像有规定说只能在捕捞地食用，这个捕捞地具体是什么意思？在湖边现捞现吃吗？或者不能离开农场？我没敢问，怕一问他们又要开会——估计得开Zoom会议吧——那恐怕又得花掉纳税人几百万英镑。

所以最终的结局是我不会修那道大坝。一切顺其自然吧，若真的溃坝，我就看着小湖消失，看着村子被淹。美国小龙虾会继续肆虐下去，水田鼠们将失去理想的栖息地，鸭子们只好背湖离乡，我们的乡村无非是变差一点点嘛。

假如政府少雇几个密探，少养几个官僚，少制定一些规则，或许我们的乡村还有希望变好那么一点点。我们也能少缴那么一点税了。

OWL'S HOUSE
CARAVAN PARK
DRY STONE WALL
THE PIGS
ME
WASABI
MY DAM
DIDDLY

THE FARM SHOP

THE WOOD

THE SPRING

SHEEPS

JAMES MAY IS A DILDO

THE BEES

THE CHICKENS

RUAT

THE TROUT POND